FLORES ARTIFICIAIS

A marca FSC® é a garantia de que a madeira utilizada na fabricação do papel deste livro provém de florestas que foram gerenciadas de maneira ambientalmente correta, socialmente justa e economicamente viável, além de outras fontes de origem controlada.

LUIZ RUFFATO

Flores artificiais

COMPANHIA DAS LETRAS

Grafia atualizada segundo o Acordo Ortográfico da Língua Portuguesa de 1990, que entrou em vigor no Brasil em 2009.

Capa
Kiko Farkas, Ana Lobo e André Kavakama/ Máquina Estúdio

Imagem de capa
Solid-istanbul/ Istock/ Getty Images

Revisão
Adriana Bairrada

Os personagens e as situações desta obra são reais apenas no universo da ficção; não se referem a pessoas e fatos concretos, e não emitem opinião sobre eles.

Dados Internacionais de Catalogação na Publicação (CIP)
(Câmara Brasileira do Livro, SP, Brasil)

Ruffato, Luiz
Flores artificiais / Luiz Ruffato. — 1ª ed. — São Paulo : Companhia das Letras, 2014.

ISBN 978-85-359-2448-0

1. Ficção brasileira I. Título.

14-03646 CDD-869.93

Índice para catálogo sistemático:
1. Ficção: Literatura brasileira 869.93

[2014]

EDITORA SCHWARCZ S.A.
Rua Bandeira Paulista, 702, cj. 32
04532-002 — São Paulo — SP
Telefone: (11) 3707-3500
Fax: (11) 3707-3501
www.companhiadasletras.com.br
www.blogdacompanhia.com.br

Para Helena Terra

caminho nenhum
é caminho de volta

Iacyr Anderson Freitas

Apresentação

Em 2007 lancei um livro, *De mim já nem se lembra,*[1] no qual compilo cartas enviadas por meu irmão, José Célio, para minha mãe, Geni, entre 1970 e 1978, período em que ele trabalhou como torneiro-mecânico em Diadema, na Grande São Paulo. Dois anos depois, publiquei *Estive em Lisboa e lembrei de você,*[2] degravação de quatro sessões de entrevistas com Sérgio de Souza Sampaio, imigrante brasileiro em Portugal. A divulgação dos dois títulos, nos quais, mais que criador, atuo como organizador e editor, levou várias pessoas a me procurar com histórias que poderiam ser utilizadas em volume. Como nunca pretendi tornar-me coadjuvante de textos alheios, recusei as doações.

No entanto, em setembro de 2010 recebi uma correspondência que, pela singularidade da proposta, me persuadiu a repensar a decisão. A carta, que reproduzo à frente, expunha, de maneira sucinta, o desejo do remetente, Dório Finetto, de me submeter suas "memórias" para, quem sabe, "aproveitar algum dos temas". Sincero, ad-

1. 2. ed. São Paulo: Companhia das Letras, 2014.
2. São Paulo: Companhia das Letras, 2009.

mitia não ser nem querer tornar-se escritor e franqueava ampla liberdade para fazer o que quisesse com os "papéis", até mesmo jogá-los no lixo.

Engenheiro, consultor de projetos na área de infraestrutura do Banco Mundial, Dório despendeu seus melhores dias em incursões aos ermos do planeta, quando conheceu inúmera gente e vastos sucedidos, convertidos em personagens e enredos de seus cadernos.[3] São algumas dessas páginas, intituladas Viagens à terra alheia, que ancoraram em minha mesa há pouco mais de três anos. Escritas em um português bastante peculiar, mescla de ecos do falar mineiro[4] com rastros de clássicos da língua,[5] portavam um distúrbio irremediável, o tom excessivamente relatorial.[6] Expus meu diagnóstico — assunto demandando estilo — e ele teimou que, então, "envernizasse a trama" segundo meus predicados. Talvez por sermos conterrâneos, e contraparentes, acabei aceitando o inusitado encargo.

Com a anuência de Dório, a quem estendi a coautoria, rechaçada de maneira peremptória, elegi alguns capítulos para, refeitos, compor o livro.[7] O leitor perceberá que, colhidos em três diferentes idiomas — inglês, francês e espanhol —,[8] os relatos, traduzidos no processo de escritura, perderam suas características, resultando numa linguagem bastante homogênea.[9] Essa anomalia não houve co-

3. Após sofrer um acidente automobilístico, Dório Finetto aposentou-se, retirando-se, em agosto de 2013, para um pequeno sítio em Itaipava, distrito de Petrópolis, região serrana do Rio de Janeiro.
4. Observe a quase ausência de pronomes reflexivos em sua carta.
5. O título *Viagens à terra alheia* emula *Viagens na minha terra*, de Almeida Garrett, e a epígrafe por ele escolhida é um trecho de *Os lusíadas*.
6. Digo "excessivamente" porque o tom relatorial, ou burocrático, pode às vezes redundar em boa literatura, como na obra de Franz Kafka, ou, no Brasil, a de Carlos Sussekind, para nos limitarmos a dois exemplos.
7. Menos da metade dos textos foi aproveitada. Caso conte com a benevolência do público e da crítica, um segundo volume pode vir a ser editado.
8. À exceção de "Uma história inverossímil" e "Susana".
9. Sobre o assunto, consultar Stephen Craig, *Translation: An introduction*. Champaign: University of Illinois Press, 2006.

mo corrigir, mas espero que o interesse despertado pela narrativa retifique a deficiência.

Alinhavei, como posfácio, breves notas sobre o passado de Dório Finetto,[10] nas quais, entretanto, ele afirma não se reconhecer. Se pilhéria do biografado ou incompetência do retratista, eis a questão.

Enfim, ao leitor, ofereço um buquê de flores artificiais.

10. Baseei-me em três memoráveis encontros, dois no Rio de Janeiro (café da manhã na Colombo, do Forte de Copacabana, e almoço no Rio Minho, na rua do Ouvidor) e um em São Paulo (almoço no Consulado Mineiro, em Pinheiros). Além disso, interpelei familiares e conhecidos de Rodeiro.

Carta de Dório Finetto

Washington, 16/09/10

Prezado Luiz Ruffato,

Confesso que, embora seja de uma família de colonos italianos de Rodeiro como o senhor, não sabia da sua existência como escritor. Quem falou a primeira vez em seu nome, há cerca de três anos, foi uma psiquiatra, doutora Regina Gazolla, que despertou minha curiosidade e, para ser sincero, meu interesse. Vivo há quase vinte e cinco anos no exterior, como consultor do Banco Mundial para a área de engenharia, mas mantenho um pequeno apartamento no Flamengo, no Rio de Janeiro, onde passo alguns dias por ano, de folga, ou quando coincide de ter uma reunião em Brasília. Meu trabalho exige disponibilidade para viajar e me agrada a ideia de não ter pouso fixo, coisa que, aliás, nunca tive, saí da casa dos meus pais muito cedo para estudar em Ubá, e de lá fui para Juiz de Fora, de Juiz de Fora para o Rio e do Rio para o mundo...

Na passagem do milênio, fui para o Brasil. Desembarquei no Galeão no dia 27 de dezembro de 1999, o apartamento estava limpo graças à dona Vera, que o areja de quinze em quinze dias. No começo da noite do dia 31, sentei na sala, enchi uma taça de vinho tinto, coloquei um CD de músicas antigas do Roberto Carlos, e preparei para esperar o século XXI. A cidade fervia, foguetes estouravam, a vizinhança era um barulho só. Uma hora, cheguei na janela e de repente pessoas que nunca tinha visto me cumprimentavam, desejando Feliz Ano 2000.

Sentei de novo na poltrona e comecei a pensar. O que tinha feito da vida? Não casei, não tive filhos, nunca mais tinha falado com meu irmão e nem com minhas irmãs. Não tinha amigos para conversar comigo. Quanto mais aproximava a meia-noite, mais angustiado ficava. Lembrei da minha mãe, que morreu quando eu tinha dezessete anos. Lembrei do meu pai, que na época ainda estava vivo mas que eu não procurava há anos. Lembrei das mulheres que cruzaram o meu caminho. Parecia que naquela sala vazia estavam todos os meus fantasmas.

Ouvi a contagem regressiva, jogado no sofá, de roupa e tudo, os olhos abertos, mas não vendo nada. Os barulhos da rua aumentaram, carros passaram buzinando, o som nos apartamentos vizinhos era ensurdecedor. Depois foi tudo diminuindo, e num determinado momento podia até ouvir a conversa do porteiro lá embaixo. O dia amanheceu e aos poucos a cidade foi acordando, deu meio-dia, veio a tarde, e de novo a noite, e eu deitado no mesmo lugar...

No meio da madrugada, consegui ir para o quarto. Deitei na cama, por cima da colcha mesmo, e fechei os olhos. Foi quando ouvi um miado, mas não dei muita atenção. Na hora, pensei que estava ouvindo coisas. Mas de novo ouvi o miado. Abri os olhos devagar e vi um gato amarelo e branco andando de um lado para outro... Achei esquisito, mas não tinha forças nem para pensar, e voltei a dormir... Não sei quanto tempo passou, mas era de manhã quando ouvi barulho de chave na porta. Alguém entrou e acendeu a luz. Com muito custo consegui levantar.

O gato, João Gilberto, gostava de fugir de casa. A dona dele, dona Teresa, ouviu os miados no meu apartamento e pediu ajuda para o zelador, senhor Ferreira, que tinha uma chave reserva. Ele achou que eu estava viajando e entrou sem avisar. Depois que todos pediram desculpas, dona Teresa, muito prestativa, preocupada com meu aspecto, resolveu chamar a filha para me examinar. Mesmo eu dizendo que não precisava, voltou dali a pouco com a doutora Ana Paula. Ela falou que não ia ser de muita valia, porque era endocrinologista, mas, mesmo com pressa, me apalpou, auscultou, fez algumas perguntas, falou que eu estava com sintomas de depressão e deu o telefone da doutora Regina Gazolla.

Fiquei afastado do trabalho durante todo o primeiro semestre de 2000. Depois, passei a viajar para o Rio uma vez por mês, para a doutora Regina acompanhar o tratamento. Ao longo das nossas conversas, aca-

bei sentindo vontade de escrever as coisas que contava para ela. Entre março de 2002 e dezembro de 2009, aproveitei todas as horas vagas para pôr no papel as minhas memórias. São seis cadernos de cem folhas cada, num total de seiscentas folhas, que a Míriam, uma moça que contratei, passou para o computador.

Há cerca de três anos, a doutora Regina me chamou a atenção para seus livros, disse que o senhor escrevia sobre a região de Rodeiro, e quando fui ver descobri que os Ruffato e os Finetto têm até laços familiares comuns. Por isso, e somente por isso, tomei a liberdade de escrever. Gostaria de saber se posso enviar um pacote com minhas histórias. Não tenho nenhum interesse em publicar um livro. Não sou escritor, nem quero, nesta altura da vida, me tornar um. Pensei apenas que talvez o senhor pudesse aproveitar algum dos temas. É claro que entenderei se, por acaso, não quiser ou não puder ler as páginas que escrevi. A vida é curta demais para tanta solicitação. Mas, se achar que vale a pena fazer algo com os papéis, faça. Dou inteira liberdade para o que decidir. Até mesmo para simplesmente jogar tudo no lixo.*

Aguardando ansioso sua resposta, subscrevo, com admiração,

Dório

* *Referência à pentalogia* Inferno provisório, *iniciada em 2005 e finalizada em 2011, que tem, entre os cenários, a região de Rodeiro, Zona da Mata de Minas Gerais, particularmente no volume I,* Mamma, son tanto felice. *(N. A.)*

VIAGENS À TERRA ALHEIA

Para Luiz Ruffato e Regina Gazolla

Vão os anos descendo, e já do Estio
Há pouco que passar até o Outono;
A Fortuna me faz o engenho frio,
Do qual já não me jacto nem me abono;
Os desgostos me vão levando ao rio
Do negro esquecimento e eterno sono.

Luís de Camões,
Os lusíadas (canto x, estrofe 9, versos 1-6)

Uma história inverossímil

Li, certa vez, um ensaio do escritor italiano Luigi Pirandello em que ele afirma que a vida pode ser inverossímil, a arte não. Pois esta história, por ser real, soará talvez fantasiosa. Para comprová-la sequer conseguiria avocar o testemunho do protagonista, que jaz numa cova rasa no alto do Cemitério Municipal de Juiz de Fora, interior de Minas Gerais. Nem mesmo saberia localizar os personagens secundários, há muito encobertos pelo pó do tempo. Portanto, cabe empenhar minha palavra de que o aqui exposto busca recompor, da melhor maneira possível, alguns aspectos da biografia de Robert (Bobby) William Clarke. O resultado é uma envergonhada sombra de sua verdadeira trajetória — que possui passagens muito mais insólitas...

As noites de inverno costumam ser bastante frias em Juiz de Fora. Podem tornar-se insuportáveis, caso não se esteja bem agasalhado. Eu vinha de Rodeiro, lugar quente, filho de uma família de sitiantes pobres, e, embora há tempos morando na cidade, não me habituava com a mudança de clima. Naquele segundo ano cursando engenharia, tinha me estabelecido numa pensão barata na parte baixa da rua Batista de Oliveira, que, se durante o dia animava-a forte comércio monopolizado por sírios e libaneses, à noite transformava-se em reduto de pequenos traficantes, malandros e meretrizes. Partilhava o quarto, constituído por dois beliches e guarda-roupa, com dois estudantes, um de direito, outro de odontologia, e um sujeito, pouco mais velho que nós, que consumia os dias à janela, fumando cigarros ordinários e falando sobre projetos irrealizáveis.

Seguia com rigor uma rotina. Pela manhã, incluso na mensalidade, dona Clarice oferecia-nos pão mirrado, no qual lambuzava uma leve camada de margarina, e uma caneca de ágata cheia de café ralo manchado por um pingo de leite. Saía correndo, pegava um ônibus lotado, assistia aulas até o meio-dia, almoçava uma comida insossa e pesada no restaurante universitário, acompanhava com sono algumas disciplinas à tarde. De regresso, conversava com os colegas, repassava lições, lia um romancista russo, minha obsessão naquela época. Perto das onze e meia me dirigia à avenida dos Andradas, onde aguardava, junto com boêmios, desempregados, prostitutas e desvalidos em geral, Bebel servir, à meia-noite, sua famosa porque baratíssima sopa, elaborada com sobras do dia, com que nos refestelávamos.

Em fins de maio, meu corpo percebeu mudanças na paisagem. E quando junho se anunciou, com suas úmidas manhãs brancas e noites azuis e melancólicas, constatei meu despreparo para enfrentar a friagem que se avizinhava. Forrava os pés com folhas de jornal, vestia calça sobre calça, camisa sobre camisa, e ainda assim meus pulmões ardiam com o ar gelado. Possuía apenas uma blusa vermelha de lã, e por isso andava todo o tempo de braços cruzados, buscando aquecer as mãos sob o sovaco.

E foi assim, a tiritar, que me posicionei na fila do Bar da Bebel, antecipando a quentura da Seleta Bodelér, apelido sarcástico para o mesmo caldo grosso anotado em letras góticas na placa preta exposta à porta, nome que Dalcídio Junqueira mudava cotidianamente, exercitando sua verve de poeta em troca da refeição grátis. Em seguida, chegou um homem de ralos cabelos agrisalhados, barriga cirrótica, cachimbo pendurado no canto da boca, carregando uma valise de couro ressecado, quebradiço, em formato trapezoidal, semelhante às utilizadas por representantes de laboratórios farmacêuticos. O que me chamou a atenção é que nada usava sobre a camisa puída. Eu havia descoberto que falar e gesticular diminuíam o desconforto e resolvi puxar conversa. O senhor não sente frio? Ele pousou-me enigmáticos olhos castanhos, declarou, com forte sotaque, Não, para mim isso não é frio, e riu, irônico. Perguntei de onde vinha, Sou inglês, mas de ascendência escocesa, disse, com desmesurado orgulho, o que destoava da condição indigente que partilhávamos naquele momento.

Logo, Bebel deu sinal para que entrássemos e arranjamos uma mesa próxima ao caldeirão fumegante, o que nos garantia um prato bem servido e meio pão — à medida que a madrugada avançava, a concha de Geraldinho, o cozinheiro, ia se tornando avara. Tomamos a sopa calados, sôfregos, sob o olhar fiscalizador de Bebel, que exigia não demorássemos mais que o necessário, liberando lugar para os famintos lá de fora. Depois, saímos a caminhar pela avenida Rio Branco, as vozes represadas pela barreira de edifícios. Percebi que Bobby, havíamos nos apresentado quando na fila, mancava da perna direita e perguntei o que causara aquilo. Ele falou, debochado, Nada, apenas uma granada que explodiu perto de mim... Então, esteve numa batalha?, e tentei adivinhar em que guerra poderia ter se metido, sem atinar com nenhuma. Sim, estive em algumas, e encerrou o assunto. Cruzamos em silêncio o calçadão da rua Halfeld e, na esquina com a Batista de Oliveira, antes de me despedir, perguntei o que, afinal, ele fazia em Juiz de Fora. Baforando o cachimbo, respondeu, Mato ratos.

Assim, meu contato inaugural com Bobby, com quem privaria de uma estranha e espasmódica amizade pelos quase dois anos seguintes. Robert William Clarke nascera em Southampton, sudeste da Inglaterra, descendente, como fazia questão de frisar, dos Clarke escoceses — o que os diferenciava era a presença do "e" final, inexistente nos sobrenomes ingleses... —, e agora arrastava, para cima e para baixo, uma maleta cheia de veneno para exterminar ratos, que distribuía em botequins, bares e lanchonetes de Juiz de Fora. A pequena clientela garantia seu sustento e o pagamento do aluguel do quarto minúsculo num hotel de quinta categoria na rua Henrique Vaz, zona de prostituição da cidade, onde manipulava perigosos produtos químicos em baldes de plástico coloridos. Reviver o sinuoso caminho percorrido entre Southampton e Juiz de Fora — eis a quase impossível tarefa a que me proponho.

Este é um arremedo de biografia, construída como pontes pênseis sobre abismos. Tudo que sei sobre Bobby, lembranças de lembranças, foi-me relatado de maneira caótica, com largos lapsos e imensas contradições. E costuro esses fragmentos, ouvidos há mais de trinta anos, com uma linha que já não distingue memória e imaginação.

Terminado o período de resguardo da mulher, James William Clarke, magro, comprido, ruivo, intensos olhos azuis, calado e reservado, aceitou o convite para empregar-se na São Paulo Railway e, em 1929, mudou-se com a família para o Brasil. Engenheiro ferroviário, desembarcou em Paranapiacaba encarregado da manutenção da estrada que, partindo do porto de Santos, escalava a Serra do Mar rumo às fazendas de café do interior do estado. São daquela vila as primeiras recordações de Bobby, a casa de madeira, ampla e avarandada, pintada de vermelho e cercada pela mata virgem, onde habitavam extravagantes pássaros, como tucanos e papagaios, e macacos que o divertiam com suas traquinagens. Bobby gostava também de ver as pessoas e coisas desaparecerem em meio à densa neblina que subjuga o lugar de repente. Sorumbático, o pai chegava do trabalho, lavava-se, jantava, e, acomodado em sua poltrona num canto da sala, bebia e fumava, entretido na leitura dos jornais, preservado seu sossego pela mulher, que proibia até mesmo que o filho andasse pela casa, para não importuná-lo. Bobby não demonstrava nenhuma estima por ele — a única manifestação de apreço ocorria ao recordar-se dos domingos, quando, de boné, camisa de mangas compridas e largos calções, o pai posicionava-se orgulhoso no gol do time dos ingleses, em acirradas partidas de futebol contra os brasileiros.

As palavras mais afetuosas reservava para a mãe, Emily Merrifield, uma mulher magra, bonita, triste, olhos e cabelos castanho-claros. Lembrava-se dos primeiros tempos, a casa decorada com pequenas flores do campo coloridas que colhiam nas imediações, as histórias que ela contava teatralmente, as brincadeiras que inventava para vencer a solidão dos dias intermináveis. Bobby não sabia, mas já naquela época a mãe vivia o ocaso de sua lucidez. Pouco a pouco, os macacos que atacavam as árvores frutíferas do quintal e invadiam a cozinha, os mosquitos que tomavam todos os cômodos da casa, as aranhas que enredavam-se no teto, as lagartixas que passeavam na parede, o alarde da natureza ao despertar pela manhã e o alarido ao recolher-se no fim da tarde, o silêncio apavorante da noite, o calor abafado, o frio inapelável, tudo desesperava seus nervos frágeis... Até que um dia, varrendo a sala, a empregada descobriu uma jararaca debaixo do sofá, e a mãe, em pânico, subiu numa cadeira, gritando histérica, um tumulto tão grande que de todos os lugares acudiram pessoas. Alguém entrou na casa com um pedaço de pau, acossou a cobra, matou-a, e sustentando-a pelo rabo quis exibi-la à "dona inglesa", para provar que tornara-a inofensiva. Aproximou-a do rosto da mãe e ela, paralisada de medo, desequilibrou-se, desabou no chão, e, urrando de dor, percebeu que um sangue espesso escorria por entre as pernas, e, antes que o médico da empresa fosse localizado, ela havia abortado uma gravidez de quatro meses. A partir daí, o ressentimento que devotava ao Brasil transformou-se em ódio e, deprimida, isolou-se de todos. Trancou-se aterrorizada no quarto, mantido sempre escuro, estendida na cama, muda, remota, qualquer sobressalto e seu coração disparava. Em 1937, voltaram à Inglaterra.

O regresso para Southampton, embora contrariasse o desejo do pai, que gostava com sinceridade dos trópicos, atenuou as perturbações da mãe, presentes apenas nos pesadelos que a deixavam zonza ao longo do dia. Dois anos depois, estourou a guerra, e James, oficial da reserva, foi convocado para a frente de batalha. Emily tornou a sofrer crises constantes, piorando de vez durante o célebre verão de 1940, quando a Luftwaffe despejou toneladas de bombas sobre a cidade, arruinando para sempre seus nervos já bastante abalados. Em agosto, internaram-na em um manicômio, e Bobby, recolhido pelos avós maternos, mudou-se para Hemington, uma pequena aldeia perto de Trowbridge. Ele havia se acostumado, após ouvir o silvo dos petardos caindo dos aviões, a se esgueirar pelas ruas de Southampton em busca de metralhas entre os escombros. Trocar essa vida de aventuras por um cotidiano sem graça, em um lugar onde só moravam velhos e cujo grande acontecimento era reunirem-se no fim da tarde em torno de enormes rádios para tentar escutar, entre zumbidos, as últimas notícias dos combates, entediava-o profundamente. Então, Bobby se escondia em cima das árvores ou no alto dos celeiros sonhando o dia em que iria corpo a corpo enfrentar sozinho seus próprios inimigos.

Com o fim da guerra, James instalou-se de novo em Southampton, mas por pouco tempo. Em 1947, arrumou emprego na Caminhos de Ferro de Benguela e enviou Bobby para cursar engenharia química no Imperial College, em Londres. Estudante mediano, passou todo o período de faculdade esquecido da mãe, alienada em definitivo das coisas do mundo, e do pai, apartado em algum posto fronteiriço entre Angola e o Congo Belga. Dessa época de "alegre irresponsabilidade" permaneceram vastas reminiscências, como a vez em que compraram por uma bagatela um Buick velho e enferrujado, cimentaram-no por dentro, arrastaram-no, de madrugada, até o meio da ponte de Waterloo, e aguardaram a manhã despertar atônita com o enorme engarrafamento provocado pelo trambolho atravessado na pista. Ou quando, desafiado pelos colegas, bebeu tantos *pints* de cerveja que saiu carregado do *pub* para o hospital, em coma alcoólico. Ou quando ateou fogo num prédio abandonado, que, não fosse a presteza dos bombeiros, teria se alastrado por todo o quarteirão. Ou ainda quando, aproveitando o *smog*, encarnava Jack, o Estripador, sobretudo longo, echarpe, chapéu enterrado na cabeça, e caminhava pela noite assustando os transeuntes que circulavam pela East End... No dia seguinte à festa de formatura, Bobby se deu conta, estarrecido, de que precisaria, dali para a frente, fazer alguma coisa, ser alguém, ter alguma utilidade. Há muito não sabia do paradeiro do pai e a mãe definhava no sanatório. Sentiu-se só, incapaz de cumprir um papel na sociedade, constituir família, filiar-se a algum clube, morrer enfastiado nos estreitos limites da ilha. Animou-o a convocação para o Exército britânico: em meados de 1953 um impecável uniforme de tenente desembarcou satisfeito e orgulhoso no porto de Mombaça, no Quênia.

A Revolta dos Mau Mau estourara há pouco e Bobby assumiu o comando de um pelotão com vinte e quatro homens, que entrava em ação logo após as escaramuças entre soldados ingleses, muito bem treinados e equipados, e pastores e agricultores portando armamento leve e ultrapassado, lanças e machetes. Sua missão era esquadrinhar o campo de batalha em busca de feridos e executá-los sem piedade. Bobby acreditava que combatia guerreiros selvagens e sanguinários que assassinavam cruelmente os *settlers* — e ele e seus subordinados cumpriam as ordens com extrema eficácia, sem titubear. No começo, ainda sentia certo mal-estar, acuavam-no à noite os gritos e olhares súplices dos *kikuyus*, mas resistia, porque como oficial, supunha, necessitava manter-se exemplo irrepreensível para sustentar a confiança e a lealdade dos subalternos. Com o tempo, mergulhou nas águas profundas da apatia, mesmo quando o conflito se acirrou e passaram a matar não mais apenas os homens, mas suas mulheres e filhos. Perambulava pelos planaltos e florestas quenianos como que anestesiado, embebedando-se com uísque, o cachimbo a deformar a boca, pondo fogo em aldeias, respirando a fumaça negra, cheiro de gasolina e carne humana esturricada. Em fins de 1956, desmobilizado, tornou à Inglaterra.

No Natal daquele ano visitou a mãe no sanatório em Southampton e assustou-se com sua aparência. Gostava de lembrar-se dela jovem, o rosto iluminado pela claridade das manhãs de verão brasileiras, os cabelos macios exalando aroma de flores silvestres. O que encontrou, entretanto, foi uma mulher envelhecida, fedendo a urina e remédio, muda expressão de renúncia. Deprimido, buscou os avós maternos em Hemington e descobriu-os no pequeno cemitério da aldeia. Viajou até Manchester, onde suspeitava haver alguns Clarke, mas, por mais que especulasse, não conseguiu localizar nenhum. Pensou em emigrar para a Austrália ou para os Estados Unidos, pensou em ir atrás do pai em Angola, pensou em se matar numa manhã de domingo em que a primavera parecia provocá-lo com tanta beleza. Fixou-se em Londres, onde arrumou emprego na Imperial Chemicals Industries. Inadaptado à vida civil, bebia todos os dias num *pub*, The Ship, em Wandsworth, desde a hora em que saía do emprego até o badalar do sino anunciando as onze horas. Lá, uma noite, em meados de 1961, conheceu Mister Völler, um militar aposentado que se dizia sul-africano, e que interessou-se por seu passado no Quênia.

Mister Völler não precisou de mais que cinco encontros para convencer Bobby a largar tudo e juntar-se a um grupo de mercenários contratado por Moïse Tshombe, que encabeçava, apoiado pelas mineradoras belgas, um movimento de secessão da província de Katanga contra o governo central da recém-independente República do Congo. Recrutado, por sua experiência, para a tropa de choque do IV Comando, liderada por "Mad" Mike Hoare, participou das refregas contra as forças regulares, e, depois, contra os cascos azuis das Nações Unidas, até dezembro de 1962, pouco antes do ataque final a Elisabethville, capital dos rebelados. Pressentindo a derrota, Bobby fugiu, sozinho, de trem, em direção a Dilolo, na fronteira com Angola, alcançando a Vila Teixeira de Sousa, última estação da Caminhos de Ferro de Benguela, onde, acreditava, acharia o pai. Contudo, desapontado, dele apenas soube imprecisas e contraditórias notícias, que morava em Luanda, que voltara para a Inglaterra, que vivia amasiado em Nova Lisboa.

As chuvas de verão acantonaram Bobby num hotel barato, onde arrastava os dias úmidos embebedando-se com *maruvu*, afligido pelos mosquitos, imaginando que a qualquer momento alguém iria bater à porta do quarto recendendo a mofo para convocá-lo a uma nova empreitada. Menos de dois anos antes havia sido deflagrada a guerra contra os portugueses, mas ali, naquele fim de linha, as informações escasseavam. Falava-se vagamente de movimentações nas florestas do norte e de confrontos do Exército com guerrilheiros apoiados pelos russos, nas proximidades da capital. Bobby cachimbava, impaciente. Até que uma manhã acordou de pesadelos terríveis e um estranho cansaço impediu-o de levantar-se da cama, a cabeça latejava, calafrios passeavam pelo corpo. À tarde abraçou-o uma febre altíssima, tremores, suores, delírios. Quando a noite desceu, relâmpagos iluminando os lençóis empapados, trovões sacudindo as paredes, mesmo esgotado percebeu-se melhor. Dois dias depois, tudo se repetiu, e o *miúdo* que varria o chão do cômodo diagnosticou, É paludismo, *mister*.

O quinino minorou os estragos da malária, mas Bobby não conseguiu cumprir seu intento de deixar Angola de imediato. Estava decidindo se se arriscava a ir a Léopoldville para tentar contatar algum dos colegas com quem havia lutado em Katanga ou se viajava até Luanda de onde voltaria para Londres, quando afundou o sapato no gargalo de uma garrafa quebrada, que, rompendo o couro esfacelado, enterrou-se em seu calcanhar, o sangue misturando-se com a lama da rua sem calçamento. No hotel, lavou e esterilizou o machucado com álcool, mas o quarto inteiro latejou ao longo de toda a noite. Pela manhã, o pé inchado e vermelho, conduziu-se devagar ao posto de saúde e o enfermeiro, observando preocupado o talho purulento, avisou que não tinha antibiótico. Enquanto absorto enchia a seringa com anti-inflamatório, recomendou que Bobby providenciasse com urgência alguém para acompanhá-lo ao Hospital do Vouga, perto de Silva Porto, a mais de setecentos quilômetros de distância.

Os dias deslizavam morosos como as nuvens que observava de seu leito no prédio branco plantado no meio da *anhara*. Ao chegar, alertaram Bobby da gravidade do caso. Sempre demonstrara absoluto desprezo pela morte, mas agora, pela primeira vez, aos vinte e sete anos, aquele cheiro podre o nauseava. Teve medo de sucumbir às bactérias que devoravam seu corpo e ser enterrado numa cova rasa, no modesto cemitério que deveria haver ali por perto, cuja cruz branca com seu nome pintado à mão, escrito errado, os temporais derrubariam. Agarrou-se ao braço da freira e sussurrou, com pavor, Não quero morrer! Não quero morrer! Acalmando-o, ela disse, O senhor crê em Deus? Reze para que Ele o auxilie neste momento difícil. Bobby nunca havia perdido tempo em pensar nas coisas aprendidas em aborrecidas manhãs na escola dominical presbiteriana em Paranapiacaba e Southampton. Com os avós maternos ainda frequentou cultos em Trowbridge, mas depois jamais pisara numa igreja. E agora a irmã de caridade lhe dava como única opção um apelo aos céus.

Salvou-o um jovem moreno, baixo e sarcástico, chamado doutor Moreira Porto. As enfermeiras haviam dito que talvez tivessem que amputar o pé direito inteiro, pois a parte necrosada era enorme, uma plasta de carne preta, mas o médico anunciou após a cirurgia que havia conseguido limpar bem a área contaminada, extirpando apenas um pedaço do calcanhar. Por pouco, acrescentou, o senhor estava a conversar com anjos... ou demônios... que ao fim e ao cabo talvez sejam a mesma e única coisa... Passava as visitas sempre contando anedotas e dando notícia do mundo — os conflitos raciais nos Estados Unidos, a aproximação de Fidel Castro com a União Soviética, o agravamento da ação guerrilheira na Guiné Portuguesa, o confuso cenário político de Angola. Vagaroso e dolorido, o processo de recuperação: deitado todo o tempo, entreouvindo incompreensíveis conversas em línguas nativas, aguardava ansioso a chegada dos enfermeiros.

Pela manhã, após engolir os comprimidos, baixava a calça do pijama para aplicarem-lhe injeção na bunda, motivo de assombro dos outros pacientes, impressionados com a brancura de sua pele; à tarde, após trocar os curativos, asseavam-no com um pano umedecido; à noite, mais injeções e comprimidos, os barulhos dos bichos, leões, leopardos, hienas, javalis, e o pipilar de milhares e milhares de pássaros, a escolta de sua insônia.

Embora esperada, pois padecia há anos de um câncer no estômago, a morte de João XXIII e os dezoito dias transcorridos até a posse de Paulo VI mantiveram o hospital em suspenso. Enquanto todos zanzavam excitados de um lado a outro, o doutor Moreira Porto dedicava os crepúsculos daqueles frios dias de junho a conversar com Bobby, que já conseguia, com auxílio de muletas, se deslocar entre os pavilhões do amplo pátio. Sentavam-se ao relento, Bobby sacava seu cachimbo, enchia-o devagar com tabaco local, e o médico acendia um cigarro do inseparável maço de Português Suave, os dedos amarelados de nicotina. Sob o esplêndido céu cravado de estrelas coruscantes, contou que, filho de uma família pobre do Alentejo, haviam migrado para Angola vinte anos antes, e que, com muito sacrifício, estudara medicina em Lisboa. Segredou ainda sua simpatia pelo MPLA. Em contrapartida, confessou que, embora discretos, conservavam-se desconfiados daquele inglês quieto e misterioso, que falava um estranho português, decerto não assimilado em Portugal nem na África. Bobby sentiu-se impelido a fazer revelações: a infância no Brasil, o regresso para Southampton durante a guerra, os estudos em Londres, a estada no Quênia como tenente do Exército britânico, sem explicar a verdadeira incumbência de seu pelotão, e omitindo o engajamento como mercenário no Congo Belga, pois temia que o médico, simpático às ideias nacionalistas, e os religiosos, por razões morais, pretendessem de alguma forma julgá-lo e condená-lo. Nesse período, em que a própria natureza parecia conter-se em silêncio, deitava-se muitas vezes ao sol sob um *imbondeiro* e percebia o quão farto estava de expor-se a aventuras sem sentido a troco de um soldo no fim do mês. Suspirava saudoso da mãe, do pai — não da mãe internada num hospício em Southampton, nem do pai desaparecido em alguma parte da África, mas do pai e da mãe com quem convivera em Paranapiacaba, único tempo que, sabia agora, fora de fato feliz. E então, numa tarde em que as nuvens desenhavam lembranças no céu azul, resolveu recuperar aquele menino tímido e sonhador que um dia imaginou-se maquinista de trem e altivo dono de um viralata chamado Pellet.

Em princípios de setembro, coxeou por toda a missão redentorista, despedindo-se calado daqueles pavilhões, onde permanecera por quase seis meses. Sentia-se em dívida com os padres, as freiras, os enfermeiros e até mesmo com os outros pacientes, pois constatava que aquela temporada internado no Vouga havia contribuído para dissolver parte da ferrugem de cinismo que lhe turvava a vista. Emocionado, deixou de presente para o doutor Moreira Porto, por quem havia desenvolvido uma singela admiração, seu relógio de bolso Zenith, única coisa pela qual demonstrava relativa estima, e rumou para Nova Lisboa. Lá, andou investigando o paradeiro do pai, sem sucesso, e voltou a beber. Frustrado, às vezes chegava a duvidar da existência daquele homem com quem nunca privara mais que encontros fortuitos e insípidos, e cuja imagem, mesmo esforçando-se, já não conseguia evocar, borrada por vagalhões de amargura e mágoa. Em Luanda, instalou-se numa hospedaria ordinária na região do cais do porto, e após dias de aflitiva espera, quando caminhava embriagado pelas ruas ansiosas da cidade, numa difusa expectativa por distinguir o pai de entre a multidão, embarcou na segunda classe do paquete Império, quinze dias navegando pelas águas da costa ocidental da África, atracando em São Tomé e Funchal, antes de divisar Lisboa, envolta no magnífico manto branco do outono.

Ainda vagabundeava atônito pelas artérias escuras do fevereiro londrino, quando alcançou-o um telegrama comunicando a morte da mãe. Ele a havia visitado no Natal, ou melhor, havia entrevisto uma forma esquálida e imóvel, o rosto sempre voltado para a parede, que se recusava a comer e beber, urinando e defecando pernas abaixo, encarcerada num mundo obscuro e indevassável. Bobby sentira como se à sua frente subsistisse apenas uma carcaça cuja alma há muito escapara apavorada, um cantil murcho, cuja água escorrera inútil para a terra agreste. No necrotério, aquele cadáver irreconhecível se confundiu com as dezenas de corpos que executara no Quênia e no Congo, a mãe uma *kikuyu* amarrada à palmeira, o ventre aberto à baioneta, um feto ainda suspenso pelo cordão umbilical, ele menino evitando horrorizado pisar nos homens, mulheres e crianças amontoados no quintal da casa em Paranapiacaba, todos o mesmo olhar pânico de quem percebe a vida se esvaindo inexorável, o terno de aluguel impregnado de suor putrefato, apesar do frio da manhã. Para carregar o caixão teve que contratar funcionários da funerária, que, guarda-chuvas açoitados pelo vento, a entregaram à sepultura, rápida e burocraticamente. Consumiu toda a primavera e parte do verão velando seus remorsos em mesas de *pubs* em Londres, até que um fim de tarde esbarrou por acaso, na entrada da estação Gloucester Road do metrô, com um colega dos tempos de faculdade, Martin Holmes, que o convidou para tomar uma cerveja ali perto, no The Stanhope Arms. Circunspecto, Holmes disse não se lembrar do Buick abandonado na ponte de Waterloo nem de qualquer episódio constrangedor da juventude, mas relatou comedido, porém orgulhoso, a história feliz que construía, a esposa, o casal de filhos, o pequeno apartamento na Lexham Gardens, o emprego na Imperial Chemicals Industries. Então, Bobby desejou também tornar-se urgente homem sério, pai de família, cidadão respeitável, e, envolto em repentina convicção, falou que achava-se prestes a deixar a Inglaterra, talvez em definitivo, rumo ao Brasil. Holmes citou o nome de um conhecido, parente distante da mulher, diretor de uma fábrica de pneus em São Paulo, e despediram-se. Pouco tempo depois Bobby depositou sua mala de papelão na segunda classe do navio Andes, em Southampton, e na manhã de um sábado, 17 de outubro de 1964, avistou confiante os prédios da cidade de Santos.

São Paulo lhe lembrou Londres, em sua agitação feérica. Edifícios irrompiam na madrugada arranhando o horizonte cinza. Aos milhares, assoberbados automóveis assinalavam novos desenhos de ruas. Multidões erravam no vaivém de estreitas calçadas comerciantes. Bobby alugou um pequeno apartamento na Saúde, não muito longe da Dunlop, onde trabalhava. Mister Wilkinson, o parente distante da mulher de Holmes, o recebera com a solidariedade de expatriado, a fraternidade de colega formado no Imperial College e o preconceito contra os brasileiros de maneira geral, a quem julgava insolentemente submissos no campo profissional e simpaticamente cínicos no trato pessoal. Wilkinson tentou convencê-lo a tornar-se sócio do clube inglês, mas Bobby não suportava a companhia afetada dos frequentadores, classe média que se aferrava a certas tradições como se nobres britânicos fossem. Preferia a solidão dos bares e botequins das redondezas da fábrica, onde todos os dias bebia duas cachaças e três garrafas de cerveja e mastigava tira-gostos, antes de voltar para casa. Tinha sono ruim e pesadelos recorrentes, dos quais quase nada recordava, embora soubesse que se passavam na África e envolviam sua mãe. Planejava sempre uma visita a Paranapiacaba, e a adiava sempre, receio de rever a paisagem da infância, o lugar agora decadente, diziam. O país respirava dias agitados, greves e manifestações políticas inflamavam as avenidas e as páginas dos jornais, mas ele mantinha-se ignorante das marchas e contramarchas. Gostava, nos fins de semana, de assistir no Pacaembu os jogos do time do Santos, que escalava uma linha com Dorval, Mengálvio, Coutinho, Pelé e Pepe, de quem se tornara torcedor entusiasmado. Cerca de um ano e meio após sua chegada ao Brasil, aceitou o insistente convite de Mister Wilkinson para acompanhar a partida final entre Inglaterra e Alemanha Ocidental pela Copa do Mundo no Athletic Club, onde, durante as comemorações da vitória, esbarrou em Marianne, secretária no British Council, derrubando um copo de *grog* em seu vestido branco. Loura, olhos azuis, muito magra e desengonçada, Bobby não achou graça nela, mas completara trinta e sete anos e ela ultrapassava os trinta — vislumbravam ambos o futuro do outro lado da ponte. Marcaram o casamento para 8 de julho de 1967.

Há muito Bobby ensaiava abrir-se com Marianne. Com o vencimento dos meses, fora criando afeição por aquela mulher discreta e reservada, que lhe relatou uma história trivial e sem cor de filha única de professor primário e de dona de casa em Bristol, sem privações, mas sem farturas, visando a uma destinação também previsível e corriqueira, casar-se, ter filhos, regressar à Inglaterra, morar numa casa limpa e confortável em algum subúrbio agradável de Londres, envelhecer de forma decente. Nada nesse quadro melindrava agora Bobby, que bebia menos e até comparecia de quando em quando à sede do clube inglês. Após as cerimônias, ocupariam seu apartamento, pequeno, porém suficiente o bastante para esse início de convívio, que Marianne redecorava com móveis baratos, mas funcionais. Viviam, enfim, felizes, harmônicos, enamorados. Por isso mesmo, incomodava a Bobby a noiva desconhecer parte que considerava importante de seu passado, do qual, se já não se orgulhava, também não se envergonhava, pois estivera envolvido em guerras, uma a serviço da pátria, outra compreendida por ele como uma ocupação igual a tantas. Escolhera com cuidado um restaurante francês, no centro da cidade, para revelar suas agruras a Marianne. Depositou o guardanapo sobre a mesa, após tomar um gole de vinho, e perguntou a ela se ocultava algum segredo. Sorrindo, respondeu que sim, que poucos sabiam mas descendia de uma família de mineiros galeses. Bobby sorriu também e, reticente, contou que suas melhores lembranças provinham da infância transcorrida em Paranapiacaba. Depois, exagerou ao expor seu destemor durante os bombardeios de Southampton, falou com amargura da loucura da mãe e do desaparecimento do pai, com graça sobre os tempos em que cursou engenharia química em Londres, coisas que, mais ou menos, já havia exposto a ela em outras ocasiões. E então, tomando fôlego, explicou sobre o chamamento para o Exército durante a Revolta dos Mau Mau e descreveu, em detalhes, o que seu pelotão fazia no Quênia. Procurou adivinhar as reações de Marianne, mas não conseguiu observar nada no desfiladeiro azul de seus olhos. Continuou, falando da sua volta a Londres, da inadaptação à vida civil, do retorno à África como mercenário no Congo Belga e do papel que desempenhara entre os rebeldes no planalto de Katanga. Concluiu com sua estada no hospital em Angola e a morte da mãe no manicômio. No carro, a caminho do prédio de Marianne em Pinheiros, Bobby ainda confessou esperançoso seu sonho de localizar o pai para poder contar com sua presença no casamento, embora achasse impossível consegui-lo, e especulou sobre em que parte do mundo ele poderia estar naquele exato momento, África do Sul, Rodésia, Egito... A noiva se distanciando na direção do portão do edifício, vista pelo espelho retrovisor do Aero-Willys, naquele domingo, foi a última imagem que Bobby conservou de Marianne.

Na terça-feira, quando haviam combinado de ir juntos ao clube para acertar detalhes da festa, apertou várias vezes a campainha do apartamento, sem resposta. Aflito, bateu à porta do zelador, que, espantado, disse que dona Mariana saíra no domingo, tarde da noite, com duas malas, lhe deixando as chaves, e que pensou que ele soubesse para onde ela fora. Bobby pegou o carro e guiou sem rumo por toda a madrugada, tenso, ansioso, mas apático, igual nos tempos em que liderava seus homens em horríveis massacres, sem ódio, raiva, repulsa, desprezo, como se participasse de um espetáculo irreal, que ocorria independente de sua vontade, um invólucro esvaziado dos sentidos. A manhã o encontrou estacionado em frente à fábrica. Aguardou a abertura do Departamento Pessoal, ditou uma carta de demissão, que o estagiário datilografou com agilidade, leu, assinou. Dali dirigiu-se a uma loja de ferragens, comprou serrote, martelo, chave de fenda, alicate, pregos e chapas de compensado. Entrou em casa perto das quatro da tarde, desligou o telefone, com as ripas vedou as janelas, e, sem estardalhaço, passou a serrar um a um todos os móveis, as mesas e cadeiras da cozinha e da sala, o armário, o sofá, as poltronas, a cama, o guarda-roupa, a desmontar peça por peça a geladeira, o fogão, o rádio, o aparelho de televisão, a amassar as panelas, chaleira, leiteira, garfos, facas, colheres, concha, escumadeira, a quebrar copos, taças, xícaras, pires, pratos, travessas. Destruía os objetos não com fúria, mas com o desapego do doutor Moreira Porto, que, quando em recuperação, preso ao leito no Hospital do Vouga, lhe contava, em minúcias, mas indiferente, como realizava suas operações, a incisão, a dissecação dos músculos, tendões e fibras, a intervenção cirúrgica, as suturas. Bêbado, saía, profundas olheiras, roupas mal-ajambradas, barba por fazer, apenas para comer um prato-feito nas redondezas, e regressava, o chão coberto de serragem e pedaços de madeira, carcaças de eletrodomésticos eviscerados, vasilhas de alumínio deformadas, cacos de vidro e de louça espalhados pelos cantos. Na segunda-feira pela manhã, retornou à firma, colocou o dinheiro da indenização num envelope pardo, depositou a bolsa de viagem com algumas mudas de roupa no porta-malas do Aero-Willys, e sem pressa tomou a BR-55 rumo a Belo Horizonte e em seguida a BR-7 para Brasília. Queria ir para bem longe, e sabia que a direção noroeste o levaria à Amazônia. Em Anápolis apanhou a BR-14 e após oitocentos quilômetros de estrada sinuosa e esburacada, ainda antes de alcançar a floresta, o motor do carro fundiu, próximo a uma acanhada vila chamada Miranorte. Exausto, gastou as economias na compra de um modesto posto na beira da estrada Belém-Brasília, empregou um rapaz, Kledir, que, além de manipular as bombas de gasolina e diesel para encher o tanque dos poucos caminhões e automóveis que trafegavam por aquelas lonjuras, entendia de borracharia e mecânica, e dedicou-se a colecionar garrafas de cachaça que entulhavam o pequeno cômodo onde vivia, úmido e cheirando a azedume e fumo goiano.

Em Miranorte, Bobby andava sempre metido numa bermuda esfiapada, camiseta rota de propaganda política, pés enfiados em sandálias franciscanas de couro ressecado, as unhas grandes e sujas. Perdia dentes e cabelos, comia pouco e mal, o abdome avolumava-se. Dispunha de um cadelo sem nome, magro e hipócrita, que se espojava em sua cama. Comprara uma espingarda e apreciava, de vez em vez, entrar na mata rala, na companhia do viralata, para, como dizia, dar uns tiros. Mas nunca trazia nenhuma caça. Renunciara há muito a saber o destino do pai — considerava-o morto. Ouvia, sem interesse, as histórias dos caminhonciros e prostitutas, e sempre que as conversas confluíam para assuntos do cotidiano, distanciava-se, contrafeito. Vivia como se aguardasse a qualquer momento o relógio que pendulava no peito parar. E, se não ansiava por isso, enfrentava a ideia com desassombro. Não tinha mais pesadelos, ou melhor, não se lembrava deles. Deitava bêbado e acordava embriagado, insensível se a manhã se apresentava com sol ou nublada, se aqueles que o rodeavam mostravam-se tristes ou alegres, se o movimento do caixa era bom ou ruim. Gostava do cão, e se ele adoecesse ou alguém o molestasse, talvez isso o perturbasse um pouco, mas, de resto, enfadado, sentia apenas asco por tudo. Em quatro anos acoitado naquelas paragens, apenas duas vezes envolvera-se com as coisas do mundo. Após a partida do Brasil contra a Itália pela final da Copa do Mundo, 21 de junho de 1970, extasiou-se vendo, entre bombinhas e foguetes, um cordão ensandecido percorrer urrando as avenidas sem calçamento de Miranorte, chuviscos de papel picado, buzinas liderando comovidos cortejos, que, espichando a tarde sem fim, pareciam querer enxotar a calma miséria que rondava aquele ermo. Engolfado na delirante confusão, arrepios beliscaram sua pele entorpecida, e pensou saudoso em Marianne, talvez valesse mesmo a pena esforçar para tornar-se um homem melhor, e lamentou que suas decisões o conduzissem sempre a descaminhos, e quis reerguer-se, e exaltado planejou mudar tudo, recobrar as esperanças encerradas no apartamento em São Paulo, resgatar o menino deslumbrado de Paranapiacaba, mas a noite achegou-se dissipando a poeira de euforia que cobria o povoado, e, quando Bobby retornou cambaleante para casa, nas ruas cachorros fuçavam a madrugada em busca de restos dos festejos.

Um ano depois, 18 de julho de 1971, quatro caminhões estavam estacionados no pátio do posto. A mulher de um dos motoristas armara o fogareiro a gás num canto e fritava linguiças numa frigideira enegrecida, distribuídas espetadas em palitos de dente por um homem pequeno e gordo com sotaque nordestino, enquanto um rapaz, alto e louro, catarinense ou gaúcho, enchia os copos de cerveja gelada, que retirava de uma caixa de isopor. O locutor da Rádio Tupi do Rio de Janeiro esgoelava informando que em menos de meia hora entraria em campo, vestindo pela última vez a camisa canarinha, o maior jogador de todos os tempos, Pelé, naquela histórica partida contra a Iugoslávia, o Maracanã repleto. Ansioso, Bobby cachimbava de um lado para outro, em meio à fumaça de gordura. Chegada no começo da noite do sábado num caminhão-truque, de carona, junto com o irmão, uma moça, nem vinte anos talvez, franzina, negros olhos tímidos, negros cabelos escorridos, despertara a curiosidade de Bobby, que, observando-a na janta, à sombra do lampião a querosene, achou-a bonita, e mais bonita ainda na manhã do dia seguinte. Não conseguira dormir direito pela primeira vez em anos, o coração acelerado, suor merejando o sovaco. Ouvira que Alcina, esse seu nome, e o irmão dirigiam-se ao Pará, onde o tio gerenciava uma serraria, e moldou na madrugada armadilhas para retê-la. Acordara cedo, cortara as unhas dos pés e das mãos, fizera a barba, tomara banho, colocara uma camisa fedendo a naftalina, enfiara-se com dificuldade dentro da calça, sem conseguir abotoá-la, e até a hora do jogo vagueou, buscando empavonado mostrar-se a ela, cavalheiresco e atencioso. Finda a partida, convidou-os todos para conhecer seus planos e, à luz difusa da tarde que se extinguia, apontou para um terreno onde o Aero-Willys desfazia-se enferrujado em meio ao mato alto e montes de lixo, e disse, Ali vou levantar dois andares, lanchonete por baixo, pensão por cima, e vou ampliar a borracharia e a oficina, o movimento tem aumentado muito, e falava com tanta convicção que chegou mesmo a convencer-se de suas palavras. No final, como se por acaso, revelou que buscava pessoas de confiança para trabalhar com ele. O rapaz lamentou que tivesse emprego certo em Marabá, mas Alcina, encantada com aquele homem estranho, que falava esquisito e a tratava com consideração, resolveu deixar-se ficar.

Nos primeiros tempos, caminhava as manhãs de Miranorte, onde hospedara-se numa casa de família, até o posto e abancava-se junto às bombas de combustível, aguardando Bobby despertar, o que raro acontecia antes do meio do dia. Kledir ainda tentou puxar conversa, mas, como só conseguia arrancar muxoxos dos olhos sempre chãos, desistiu. Bobby cumpria um ritual:

ao acordar, não lembrava por que tinha tido a estúpida ideia de laçar aquela xucra, que agora rondava o lugar silenciosa como um animal arisco; mais tarde, quando a luz do sol queimava a paisagem, recordava-se de sua beleza agressiva, e aspirava a ser uma pessoa boa, correta, casar-se, ter filhos. Mas Alcina submergia na noite, e, bêbado, ele chapinhava no pântano de um sono sem sonhos. Até a manhã em que, pegando a cartucheira, saiu com o cachorro para o mato. Então, Alcina comprou balde, vassoura, rodo, sabão em pó e em pedra, creolina, ratoeira, chumbinho e Neocid, e auxiliada por Kledir pôs a cama, o guarda-roupa desmilinguido, a mesinha de cabeceira e o travesseiro ao sol para afugentar a morrinha, esfregou e desinfetou o piso, lavou, enxaguou e estendeu o lençol, a toalha e as poucas roupas num varal improvisado. Quando regressou, Bobby deparou-se assustado com as mudas tremulando na escuridão como bandeiras esfarrapadas num campo de batalha. Quis esbravejar contra aquela intromissão, mas antes de deitar sentiu-se obrigado a tomar banho para não empestear o cheiro selvático que, insinuando-se pela janela, evocava sua meninice em Paranapiacaba, e trancou o cachorro do lado de fora. Amanheceu bem-disposto e, no momento em que o viu, Kledir encaminhou-o a um canto e disse que aquilo não estava direito, que a moça mandava e desmandava nele, Quem vai respeitar agora uma borracharia assim toda asseada, indagou, ofendido. Bobby mandou que a ouvisse e cumprisse seus quereres. Contrariado, o rapaz despejou no latão dezenas de coisas que nem mesmo sabia para que serviam, enquanto Alcina desalojava do cômodo ratos e baratas e pôsteres de mulheres de biquíni. Faxinou a oficina, varreu de ponta a ponta o pátio, limpou e carpiu o terreno baldio. Quando acabou, Bobby decidiu trazê-la para morar com ele.

Derrubou uma das paredes, ampliou o quarto e puxou uma cozinha; adquiriu fogão a gás, armário, vasilhas, pratos, talheres, mesa e tamboretes; prometeu geladeira. Habilidosa, Alcina exigiu rádio de pilha e pendurou na cabeceira da cama um quadro do Coração de Jesus. No começo, desentenderam-se, ela insistia em continuar recebendo o salário de empregada, e, por mais que Bobby se empenhasse em persuadi-la de que, marido e mulher, formavam uma família, empacou, venceu. Ele refreou as bebedeiras, interessou-se superficialmente pelos negócios do posto. Entretinha suas tardes observando o pedreiro e o ajudante a esticar barbantes em estacas fincadas no chão, que traçavam o desenho do futuro prédio, acompanhou-os a escavar as valas da fundação, a encherem-na de ferragem e concreto, a começarem a armar pilares e vigas. Descobriu que, embora semianalfabeta, mostrava-se arredia a papéis e documentos, Alcina possuía sangue barganhista, e deixava para ela discutir o custo da empreita da obra, pechinchar o preço do material de construção, regatear os valores das compras no armazém. Em pouco tempo, tornou-se popular entre os comerciantes e também entre os motoristas que encostavam no pátio. E isso, de alguma maneira, solapou a confiança de Bobby. Ele mirou o espelho e viu-se envelhecido, feio, imprestável — enquanto Alcina vicejava. Abalado, pouco a pouco voltou à antiga rotina de constante embriaguez, e, engasgado com a bílis do ciúme, agarrava com força o braço da mulher e interrogava-a, queria saber por que tanto ia na cidade, por que rodeava os caminhões, por que usava tal vestido, por que cantarolava músicas românticas ouvindo programas de rádio, importunando-a com xingamentos, descomposturas, insultos. Alcina resistia nas sombras, em silêncio, e, desgovernado, Bobby arriava nela pontapés, tapas, socos, murros, pescoções, tentando impedi-la de dar as caras fora das cercanias, buscando forçá-la a permanecer enfurnada dentro dos dois cômodos. Asfixiada pela solidão, ela observava os dias escalarem lentos os meses no calendário. Sabia-se malquista ali, Bobby a detestava, Kledir se divertia com as brigas, o viralata não ocultava sua antipatia. O mato dominou o terreno, esmagando, insinuante, o esqueleto da lanchonete.

Num dia em que outro dezembro avizinhava-se, Bobby estranhou, ao acordar, o sossego da tarde. Àquela hora, Alcina estaria na cozinha preparando o almoço ou no quintal, agachada junto à bacia, lavando roupa, e, entretanto, não sentia cheiro de comida nem escutava o chape-chape de suas mãos sobrenadando na água. Apenas o farfalhar do vento entre as árvores. Teve um pressentimento ruim, levantou-se de chofre, e, zonzo, segurando o cós da calça, saiu para o pátio, a sola dos pés machucando na terra arenosa. Kledir respondeu, dando de ombros, que não havia visto a mulher. O viralata, como se guardasse algum segredo, esquivava-se, rabo entre as pernas. Trêmulo, Bobby voltou ao quarto e notou que a mala de viagem não estava sobre o guarda-roupa, e escancarando o móvel compreendeu que Alcina o havia abandonado. Em desespero, enfiou os pés na sandália franciscana, vestiu uma camisa, e, com o cadelo antecipando seus passos, resfolegou trôpego rumo a Miranorte. Nas ruas, indagando de um e outro, descobriu que ela tomara o ônibus para Goiânia, e regressou devagar, extenuado, a cabeça latejando, o andar incerto, procurando lembrar a localidade de onde provinha, sem conseguir atinar, um nome esquisito, complicado. Pegou a cartucheira que guardava sob a bancada da morsa e penetrou azumbizado na mata rala. Voltou tarde da noite, ansiando que, como de outras muitas vezes, se depararia com Alcina à porta da casa, o radinho ligado, o halo de perfume adocicado conformando seu corpo magro. Mas o lugar estava vazio e as raras nuvens que borravam o céu imenso deixavam entrever estrelas pulsando como feridas. Apanhou uma garrafa de cachaça e um copo, deixou-se ruir onde a mulher costumava se sentar, acendeu o cachimbo, e a manhã espantou-se com ele ali, ainda desperto, atônito, paralisado. Quando Kledir chegou para trabalhar, Bobby ergueu-se, encaminhou-se ao povoado, comprou um atlas geográfico numa papelaria, retornou, dispensou o rapaz do serviço no dia seguinte, explicando que não ia abrir o posto, precisava fazer um balanço, e retirou-se para dormir. Despertou com a algaravia dos passarinhos acomodando-se nos galhos para enfrentar as horas mortas da madrugada. Desatarraxou o bujão de gás e arrastou-o para o quintal. Pôs numa sacola de papel duas mudas de roupa, o mapa de Minas Gerais que arrancara do livro, e um dinheiro que mantinha escondido, e largou-a junto ao matagal. Encheu quatro galões de gasolina e enfileirou-os perto do Aero-Willys. Com uma marreta destruiu as duas bombas de combustível. Depois, encharcou os móveis do quarto-cozinha, encharcou a borracharia e a oficina, encharcou a carcaça do carro. Chamou o cachorro, que desconfiado resistiu a deixar enlaçar-se, amarrou-o com uma corda curta no botijão, e, aproximando o cano da espingarda de sua cabeça, atirou. Uma a uma acendeu quatro fogueiras. Recarregou a arma, tomou a sacola, e afastou-se mata adentro, iluminado pelo clarão dos incêndios.

Bobby alcançou Juiz de Fora na noite do sábado de Carnaval de 1973. Exausto, barba encanecida, ralos e compridos cabelos desgrenhados, olhos vermelhos empapuçados, corpo fedendo a suor, roupa recendendo a cachaça e fumo de cachimbo, embrulho malfeito embaixo do braço. Perdido em meio ao burburinho dos foliões fantasiados, mascarados, travestidos, hospedou-se num hotelzinho vulgar da zona boêmia. Desapontado, imaginava que a cidade fosse menor, que seria fácil localizar Alcina, que em qualquer lugar dariam notícias dela, mas, agora percebia, quase impossível encontrá-la ao acaso. Passou uma semana trancafiado no cômodo minúsculo, sem ventilação, úmido, cheirando a mofo, ouvindo os gemidos de casais que usavam o lugar para encontros clandestinos. Então, veio-lhe o propósito de subsistir de seus conhecimentos de química. Visitou bares e botequins, que a preços módicos serviam pratos-feitos a comerciários e operários, oferecendo-lhes, como demonstração, uma maneira original de exterminar ratos, um veneno que os ressecava em vez de matá-los por hemorragia, rápido, limpo, higiênico. Conseguiu assim seus primeiros fregueses, que pagavam pouco e mesmo assim buscavam caloteá-lo. Os fins de semana, gastava--os a errar pelos labirínticos bairros da periferia, perguntando se conheciam uma moça, uns vinte anos, franzina, negros olhos tímidos, negros cabelos escorridos, cujo tio gerenciava uma serraria no Pará, e que se chamava Alcina, Alcina da Cunha. Durante a semana, zanzava pelas ruas do centro, Halfeld, Batista de Oliveira, Mister Moore, Floriano Peixoto, Marechal Deodoro, Santa Rita, perambulava pelas avenidas Getúlio Vargas, Francisco Bernardino, Rio Branco, circulava pela praça da Estação, Rodoviária e Parque Halfeld, tentando enxergá-la na multidão. Às vezes, via-a na mulher que quebrou a esquina, na que entrou na loja, na que tomou o ônibus, na que saiu do banco, na que cruzou a avenida, na que carregava no colo um recém-nascido...

Em 1976, menos de dois anos após meu encontro com Bobby no Bar da Bebel, arrumei estágio numa construtora, aluguei uma quitinete com um colega de faculdade na avenida Independência, perdi contato com ele. Avistei-o de longe duas ou três vezes no centro da cidade, sempre com sua maleta trapezoidal cheia de veneno para matar ratos, o cachimbo pendendo do canto da boca, a barriga enorme, as pernas finas e varicentas, o andar dificultoso. Soube, anos depois, que, falecido em 1979 ou 1980, na enfermaria geral da Santa Casa de Misericórdia, foi enterrado numa cova rasa em Juiz de Fora. Creio ter havido uma cruz no sepulcro, estampando seu nome, que com o tempo apodreceu.

O presente absoluto

De pé, no hall do hotel, acompanhava o noticiário da televisão, que mostrava imagens das águas do Rio da Prata invadindo ruas e casas de bairros da periferia de Buenos Aires, frustrado por não poder percorrer as calçadas arborizadas com seus cafés elegantes, como havia planejado para meu último dia na cidade, quando ela falou, É a Sudestada. Eu não a havia percebido antes, sentada na mesa atrás de mim. Sorri, e me desculpei, em castelhano, Estava impedindo sua visão? Simpática, respondeu, Não, não, e com um sotaque francês, que a deixava mais charmosa em seus erres carregados e acentos tônicos finais, continuou, Estava dizendo que essa chuva é o que os argentinos chamam de Sudestada. A escuridão engolira a manhã e lá fora a água caía do céu em chibatadas. Sorri de novo, e só então a observei sob a luz esmaecida: magra, mas não muito, cabelos pretos, olhos castanho-esverdeados. O senhor não quer sentar?, a tempestade ainda demora. É a Tormenta de Santa Rosa... Com prazer, respondi cavalheiresco, arrastando a cadeira e fazendo sinal para o garçom. Contam que santa Rosa de Lima rezou por um temporal contra os inimigos. E, desde então, por essa época, sopra forte o vento sudeste, comentou, airosa. Pedi dois cafés, ela acendeu um cigarro. Perscrutei seu rosto, sulcos revolvidos pela engrenagem das horas, misteriosa beleza que suscita em nós a urgente necessidade de largar tudo. Quantos anos teria? Estranha lenda, essa, observou. O garçom depositou as xícaras na mesa, trocou o cinzeiro. Ela sorveu um gole, sem açúcar, e indagou, examinando o cigarro que se consumia em brasa avermelhada, O que o traz a Buenos Aires? Perguntei se podíamos falar em francês, ela, surpresa, exclamou, Claro, então expliquei que estava a trabalho, que era meu último dia e que aquele mau tempo havia atrapalhado meus planos de flanar pela cidade. E emendei, Se me permite, e a senhora... Você, por favor, trate-me por você... Sim, desculpe... E você?, o que faz aqui? Seus dedos longos guiaram o cigarro aos lábios discretamente pintados, e com força aspirou a fumaça, expulsando-a em seguida, numa espiral ascendente. O senhor... você, meu querido, talvez não perceba, há coisas, como vou dizer, há coisas que... ultrapassam o nosso entendimento... Quando falava, suas mãos buscavam libertar as palavras, como se fossem pássaros aprisionados. Um pequeno, mas barulhento grupo postara-se junto à televisão e comentava sobre a enchente que parecia, a cada momento, ganhar força. Uma funcionária, metida num uniforme cinza, calçando galochas brancas, rodo à mão, tentava, com estrépito, manter seca a entrada do hotel, mas a todo instante surgia alguém, guarda-chuva pingando, capa impermeável escorrendo. Ah, a vida!, suspirou. Quão irônico é o deus que outros chamam destino... E, mirando um ponto qualquer da avenida que se revelava além do vidro-fumê embaçado, disse, Quando me restava apenas contabilizar os dias no calendário, me deparei com a descoberta do presente absoluto... Sim, meu caro, o presente absoluto! Sua face se contraiu num enlevo, ausência que durou segundos. Logo se recompôs, dizendo, não como convite, mas ordem a ser acatada, Vamos tomar algo forte, meu amigo. Chamei o garçom, ele recitou quatro ou cinco opções de bebida, ela escolheu conhaque, Não é excelente, mas não nos humilhará, gracejou. E, mirando-me, num misto de curiosidade e desdém, retomou, Agora estou aposentada, faz pouco mais de oito meses. A vida inteira ministrei aulas de língua e cultura alemã. Veja que zombaria: nunca me interessei, nada que fosse, pelo Terceiro Mundo... Tudo que estivesse para além das fronteiras da Europa, e, a bem da verdade, para mim a Europa limitava-se à França e à Alemanha, todo o resto representava a barbárie, terras apartadas da civilização. Claude, meu marido, também é professor, especialista em história medieval. Temos dois filhos maravilhosos: Philippe, engenheiro químico, trabalha na Rhône-Poulenc, bem casado, logo nos dará um netinho; e Chantal, atriz de teatro infantil, uma palhaça bastante conhecida, Mimi, La Douce. Ou seja, construía uma plácida biografia burguesa... Eu era uma mulher... mediocremente feliz... Dava minhas aulas, contentava-me com os elogios a meus artigos publicados em revistas e livros acadêmicos, visitava as universidades alemãs por conta das minhas investigações, as férias passávamos numa pequena casa de praia na Bretanha. Enfim, administrava em paz minha reta final de vida... Proferiu tudo isso num jorro, em frases compassadas e escandindo cada sílaba, como se tomasse conhecimento daquela história no momento mesmo em que a narrava. Interrompendo, sorveu um gole de conhaque e acendeu, absorta, outro cigarro. Buzinas impacientes congestionavam a avenida. A água da chuva, adivinhava, avolumava-se na sarjeta. Há uns cinco anos, retomou, um apagado aluno do doutorado, Jérôme, o sobrenome escapou em definitivo, me convidou para assistir à apresentação dele num curso de tango, no 19º *arrondissement*. Até hoje não sei por que aceitei... Moro longe, no 14º, e não tinha qualquer intimidade ou mesmo empatia com ele. Como disse, um apagado aluno... E, além do mais, nunca me interessaram as manifestações populares... Coloquei-me a um canto, entediada, e aguardei com mau humor o fim daquela pantomima. Primeiro, apareceram os iniciantes, grupo do qual Jérôme fazia parte. A dança, exótica e lasciva, me desagradava, porque, por mais que se esforçassem, os pares, atarantados, não alcançavam seguir a música, sincopada e trágica... Findo o triste espetáculo, me preparava para sair, quando surgiu um casal de bailarinos. A contragosto, sentei de novo para acompanhar a exibição. Então, algo ocorreu... Pouco a pouco, minha má vontade tornou-se arrebatamento. Eu contemplava aquele homem e aquela mulher movimentando-se harmoniosos à minha frente e percebia que de alguma maneira eles encontravam-se em outra... outra dimensão... Os corpos estavam ali, compreende?, mas a alma... a alma havia migrado para um espaço sem tempo... O grupo que acompanhava o noticiário se dispersara e no salão apenas permanecíamos nós dois agora. Ela levou a taça à boca, engoliu o resto da bebida. Eis o início do meu desassossego, decretou. A moça de uniforme cinza conversava, desolada, com o camareiro e a recepcionista, apontando o piso molhado. Solícito, o garçom sugeriu outra rodada. Ignorando-o (eu aceitei por nós a proposta, com um meneio de cabeça), ela reassumiu. Aquele ritmo, meio primitivo na sensualidade brutal, meio grotesco na postura caricata, anunciava um universo bipartido, onde a mulher se entrega submissa aos caprichos do parceiro, contrariando tudo o que eu aceitava como sinônimo de bom gosto, de transcendência, de elevação espiritual. E, no entanto, aquilo... aquilo, de certa forma, fez aflorar em mim um sentimento desconhecido... abissal... Na volta para casa, no metrô, pela primeira vez prestei atenção nos passageiros que me rodeavam, tão diferentes entre si! Que mistérios, que segredos cada um deles, como eu, ocultava? Por trás de fisionomias tão díspares, quanto desejo insatisfeito! E uma espécie de arrependimento se apossou de mim, arrependimento por nunca ter me lançado à vida, contente por habitar um mundo alicerçado na segurança de verdades previsíveis, na convicção de um caminho sem embaraços, sem percalços, sem turbulências, mas também sem cor, sem alegria, sem paixão. Era feliz, me perguntava, e não sabia responder, porque renunciara há muito à ideia de felicidade em nome do cumprimento de algumas modestas aspirações. Imersa nesses pensamentos, perdi a estação Gare du Nord e saltei na Gare de l'Est, baldeando para a Linha 4, quase em pânico, quase em êxtase. Encantada pela cadência da própria voz, já não importava a minha presença. Distraída, tragava a fumaça do cigarro; desatenta, bebericava o conhaque. Vivi por uns tempos, taciturna e dispersiva, até tomar a decisão mais importante da minha vida: me inscrevi num curso de tango. Logo frequentava também aulas de espanhol, buscando corrigir meu imenso desconhecimento, causado, por que não admitir?, por um absurdo preconceito. Passei a me interessar por tudo que se relacionasse à Argentina e me deparei com um país interessantíssimo. Claude, um homem afável, bovinamente pacato, estranhou quando passei a chegar tarde e animada em casa — eu não contei a ele sobre essa aventura, nunca entenderia —, e até deve ter desconfiado que estava tendo um caso, mas, como das outras vezes, limitou-se ao silêncio, preferindo a serenidade da ignorância à perturbação que a certeza imporia ao seu cotidiano. Em quatro anos me tornei uma boa milongueira, o que me fortaleceu as pernas e me deu ânimo novo. Mas faltava algo... E interrompeu a frase, para talvez estudar o efeito que exercia sobre mim. Ela era fascinante. E eu disse isso, Você é fascinante. Cuidado para não se apaixonar, gracejou, olhos marotos. Ah, se me conhecesse mais jovem, suspirou, mas sem nenhuma nostalgia, pois a vida ebulia ainda mais vigorosa nela agora. Dois casais de turistas brasileiros alojaram-se barulhentos em uma mesa próxima. As mulheres reclamavam decepcionadas da tormenta; entusiasmados, os homens exaltavam a qualidade da carne argentina. Um táxi estacionou em frente ao hotel e ágil o porteiro dirigiu-se a ele, um enorme guarda-chuva verde. A moça de uniforme cinza e galochas brancas desaparecera. Você gosta de dançar?, ela perguntou, e, diante da minha negativa, comentou, desapontada, Que lástima! A televisão continuava a exibir cenas de ruas inundadas e entrevistas com moradores aflitos. Durante quatro anos, retomou, me dediquei com desvelo ao tango: empenhava-me no aprimoramento das técnicas, ao mesmo tempo em que buscava o ardor da paixão, que, aprendi, não reside no corpo... Mas permanecia muito distante da sensação vislumbrada nos dançarinos do 19º *arrondissement*, espécie de vórtice temporal, de queda para o alto, de... suspensão da descrença... E eu queria, eu desejava, eu precisava experimentar aquilo... Então, aconselhada por Jean, meu professor, Jean Narváez, há cerca de um ano e meio vim pela primeira vez a Buenos Aires. Hospedei-me num hotelzinho, pequeno, mas confortável, em Palermo, e gastei os dias vagueando inquieta pelo mapa da cidade. Logo percebi que andava longe do que almejava, frequentando milongas típicas para turistas, onde, sim, se dança o tango, porém destituído de qualquer verdade. Porque, se há algo que aprendi, nas noites todas em que meus cabelos branquearam, é reconhecer o que há de verdadeiro em um ato humano. Percebo sinais, indícios, interpreto as coincidências significativas, casos em que somos a um só tempo chamariz e armadilha. Veja você, meu amigo, na véspera da minha partida, frustrada após nove dias de nadas, tropecei num personagem improvável que me encaminhou para o abismo, porque a felicidade é um abismo, e sequer soube seu nome. Pouco a pouco, outras mesas foram sendo ocupadas, aumentando o bulício, mas o tom de sua voz permanecia o mesmo, obrigando-me a acompanhar o movimento de seus lábios para apreender tudo o que ia descrevendo. Já nos encontrávamos na terceira rodada de conhaque, e eu, intoxicado pela fumaça do cigarro, sentia engulhos — entretanto, a água de seus olhos castanho-esverdeados me atraía, sonâmbulo, para outros precipícios. A coisa se deu assim, ela sussurrou. Caminhava sem esperança pelas alamedas do Jardim Botânico, até que, cansada, me acomodei num banco com o propósito de folhear meu guia *Michelin*. Observava os pássaros, invejando as pessoas que perambulavam despreocupadas, quando, de repente, um homem, cabelos e barba brancos muito bem cuidados, vestindo terno de linho branco, estacou à minha frente, e, todo charme, me abordou, num francês empolado, mas perfeito, Bom dia, madame! Permitiria que um republicano recalcitrante se dirigisse à senhora? Assustada, reagi à gentileza com gentileza, Onde o senhor aprendeu um francês assim... tão impecável? Ele sorriu, lisonjeado, e, fixando-me sua íris azulíssima, que reluzia por trás dos óculos de aros redondos, explicou, Eu era quase adolescente quando estourou a nossa odiosa guerra civil. Convivi com dezenas de voluntários da Brigada Internacional e a língua comum era o francês... Parou por um instante e murmurou, longínquo, Quantos amigos mortos!... Sucumbido às lembranças, seu corpo frágil oscilou por um instante. Apreensiva, propus que se sentasse ao meu lado, sugestão que de pronto acatou, agradecendo, cheio de mesuras. Desde então, minha vida transcorreu aqui, no exílio. Minha esposa é argentina, meus filhos são argentinos... meus netos... minha bisneta... Poderia, até mesmo, por que não?, me dizer argentino... Mas, no fundo, minha senhora, sou apenas um pobre aragonês que suspira por uma infância abandonada numa aldeiazinha que nem sei se ainda existe... Mas... estou fazendo literatura! Diga-me, madame, em que um velho, que já sente o bafejo da morte, pode ajudá-la? Achei inadequada aquela abordagem, não havia concedido liberdade para tanto, e indaguei, Quem disse que estou necessitando de auxílio, meu senhor? E ele, sem titubear, Seus olhos, madame, seus lindos olhos... Calei-me, desconcertada. Permanecemos assim por alguns minutos, como que debruçados num mirante a observar os montes e vales pelos quais conduzimos a carga da nossa existência miúda. Por fim, resolvi confiar àquele homem a minha história. Contei a ele o que contei a você, palavra por palavra. Ele ouviu, quieto e grave. Quando concluí, falou, Madame, procure Germán, e recitou, por duas vezes, um endereço em Villa Urquiza. Só isso! Procure Germán, neste endereço, em Villa Urquiza... Levantou, e da mesma maneira que havia surgido, sumiu. Agora, meu caro, você prestou atenção em um detalhe? Ele me recomendou encontrar Germán... Germán!, percebe?, disse quase gritando, tão excitada. Semiergueu-se, o braço direito esticado, a mão magra amarfanhando o tecido da minha camisa, Germán! Germano! Ou seja, alemão! Alemão! Uma vida inteira de equívocos... Minha felicidade, entende?, estava não no solo da Germânia, mas no voo de Germán! E aqui ela cometeu um trocadilho intraduzível, entre "o solo da Germânia" (*le sol de Germanie*) e "o voo de Germán" (*le vol de Germán*)... Chamei o garçom, e, ressequido, solicitei uma garrafa de água mineral sem gás. Ela pediu café, e, mais tranquila, contemplou o hall, agora tomado por diferentes tipos, entre turistas e homens de negócios, acossados todos pela tempestade. A televisão exibia, como despojos, casas pobres em ruas descalças, subjugadas às águas turvas e enraivecidas do Rio da Prata. Uma mulher, rosto indígena, em desespero lastimava por seus pertences perdidos, enquanto, ao fundo, algumas crianças sorriam, timidamente inocentes. No início da noite, retomou, a voz pausada, peguei um táxi, e, hesitante, me dirigi ao endereço indicado pelo excêntrico cavalheiro espanhol. O carro estacionou em frente a um prediozinho comum, de que existem inúmeros nos subúrbios de Buenos Aires, na fachada escrito, em letras góticas recém-retocadas, que se trata de um círculo desportivo e social. Permaneci algum tempo do outro lado da calçada, fingindo interesse pelo jardim de uma casa, observando o movimento de jovens casais e grupos de amigos, de procedência vária, quer dizer, de classes sociais distintas, visível nas roupas e nos modos como se apresentavam. Intimidada, caminhei até a Avenida de los Constituyentes, decidida a regressar ao meu quarto aconchegante e esquecer aquela aventura insana, mas não apareceu nenhum táxi vazio e eu não me arriscava, como ainda não me arrisco, a andar sozinha de metrô ou ônibus aqui. De tal maneira que, confusa, fiz o percurso de volta, respirei fundo, entrei no salão, e, agoniada, perguntei por Germán. Os dedos longos, trêmulos, levaram um cigarro aos lábios agora pálidos, desprovidos de batom, e a mão direita, abraçando um isqueiro amarelo, vulgar, acendeu-o. Os olhos castanho-esverdeados embrenharam-se, e perderam-se, em um denso bosque de recordações. Eu havia passado a tarde inteira imaginando como Germán seria... Ora ele se manifestava como um lorde, grisalho, gentil e educado, trajando um terno cortado com esmero e bom gosto... Ora aparecia encarnado em meu pai, magro, alto, bem-vestido, mas sempre com um toque de humor, um lenço colorido agredindo o paletó escuro, um enorme relógio de bolso embaralhado nas correntes... Ora mostrava-se como príncipe encantado, louro, jovem e atlético, sedutor em seu heroísmo sincero, mas ingênuo... E ora revelava-se até mesmo como o misterioso republicano espanhol... Acabei por me fixar em um modelo que considerava mais próximo do real, um homem de cerca de quarenta anos, cabelos pretos reluzentes, estatura mediana, braços fortes, maneiras requintadas. Impaciente, ou angustiada, espetou o cigarro no cinzeiro lotado, e voltou-se contrafeita para a entrada do hotel, onde alguns hóspedes travavam uma acalorada, e obscura, discussão. O senhor a quem perguntei por Germán me olhou com desconfiança e guiou-me a uma mesa, em um canto onde havia outras mulheres, mas nenhuma, como eu, solitária. O lugar, muito modesto, devia ser usado também para outros fins, pois ostentava folhas de cartolina coladas nas paredes, com distintas listas de atividades, escritas à mão, para velhos, crianças e mães. Sentei-me, acendi um cigarro, e, por cortesia, pedi uma taça de vinho e uma empanada. Logo, me entretive com os pares que se moviam circunspectos sobre o assoalho de madeira. Sem que notasse, acercou-se de mim um rapaz, vinte e poucos anos, enfiado num terno azul-marinho surrado, mas decente, moreno, vasta cabeleira negra, rosto duro, de uma beleza estranha e hostil, um pouco mais baixo que eu, ombros largos, um indivíduo comum, desses com quem cruzamos na rua a todo momento e nem percebemos. Ele disse, seco, A senhora está me procurando? Mirei seus olhos tristes e, sem que conseguisse disfarçar minha surpresa, não, não, meu desapontamento, perguntei, Germán?! Nervosa, me afligi tentando explicar como tinha chegado até ali e o que desejava, enquanto ele, de pé, muito sério, me dizia, áspero, num forte sotaque portenho, alguma coisa que eu não assimilei. Embaraçada, falei, Sou uma entusiasta do tango... Mas ele me interrompeu, com respeitosa ironia, Minha senhora, nós nos reunimos aqui para esquecer o mundo lá fora, não para divertir turistas, e virou as costas. De súbito, levantei, as pernas bambas, agarrei seu braço com ousadia, e falei, ríspida, Rapaz, você acha que deixei meus afazeres em Paris para ser tratada assim? Estou em busca de uma experiência singular e você não vai me privar dela! Não sei se ele me entendeu, até porque quando exaltada meu espanhol torna-se péssimo, e, além disso, garçons circulavam e as pessoas conversavam, sei que, assustado, não retrucou, apenas deixou cair os braços, em desalento. Por fim, ziguezagueando pelo labirinto de mesas, caminhou para a pista improvisada, eu a persegui-lo. De repente, parou, voltou-se para mim, envolveu-me com o braço direito e conduziu-me pelo salão, aborrecido e irritado. Ofegante, ela acendeu outro cigarro. No começo, custei a me adequar ao ritmo impetuoso de Germán, mas, superada a inibição inicial, senti que ele, talvez espantado por perceber que eu conseguia acompanhá-lo, distendeu os músculos, e, absortos na música, pouco a pouco nossos passos foram se confundindo... O que ocorreu daí para a frente, impossível descrever... Não existia mais aquele salão, o subúrbio de casas parecidas, Buenos Aires, a Argentina, o mundo... Eu já não era uma mulher que carrega nome e sobrenome, professora aposentada, casada, mãe de dois filhos, francesa, mas um corpo mergulhado num instante único... Não havia passado, pegadas deixadas por alguém que não fomos. Nem futuro, mera projeção de nossos desejos... Para além do tempo e do espaço, eu habitava o presente absoluto! E caiu em silêncio. Perguntei se queria mais café, não respondeu, exausta e alheada. Lá fora, a chuva parecia ter amainado. Quem voltou a Paris no dia seguinte não era a mesma pessoa, apesar de o passaporte insistir que sim... Tudo tinha se tornado tão... prosaico... tão... vulgar... Eu poderia dizer que após essa experiência não me preocupava mais com a minha finitude, porque, de alguma maneira, havia colocado o pé na eternidade. Mas estaria mentindo... Somos humanos, insaciáveis... Estou aqui de novo porque quero tentar repetir aquela sensação de... de felicidade? Não sei... No fundo, talvez a morte seja isso, uma espécie de presente absoluto... Ela então se levantou, Meu deus, essa conversa toda deve lhe parecer uma enorme tolice, não é mesmo? Desculpe, desculpe... Eu não deveria ter tomado seu tempo com isso, desculpe... E, sem me dar chance de contestá-la, abriu uma pequena bolsa de mão, depositou dinheiro sob o pires, e caminhou em direção ao elevador.

El Gordo

Uma das coisas ruins do restaurante de Don Pepe era que, todas as vezes que alguém abria a porta, tocava um sininho, fazendo um barulho irritante, que na hora do almoço tornava-se insuportável. Eu não entendia a necessidade do mecanismo, pois Don Pepe, encastelado atrás do balcão, cuidava do caixa e dava ordens, através de uma janela verde minúscula, a uma cozinheira invisível, enquanto Claudia, a garçonete de idade indeterminada, desfilava sua tristeza por entre os fregueses, equilibrando bandejas com carne, batata e verdura — e isso era outra das coisas ruins, o prato do dia, sempre o mesmo.

Dolores é uma pequena cidade no extremo sudoeste do Uruguai, recortada em ruas planas de quadras idênticas, onde não há quase nada para fazer. Eu me encontrava há uma semana hospedado num hotel modesto, próximo à praça da igreja e, da janela do meu quarto, nos fins de tarde, observava a passagem de enormes caminhões carregados de farinha de trigo. Logo no primeiro dia, Don Pepe me falou, entusiasmado, de um morador *brasilero*, El Gordo, Quer dizer, ele não é *brasilero*, mas conhece bem o Brasil, inclusive fala *brasilero*, e me prometeu apresentá-lo.

Na sexta-feira, abandonando o balcão, escancarou a porta com estardalhaço e, em seguida, voltou, acionando o sininho, conduzindo um homem de cerca de um metro e setenta de altura, ligeiramente gordo, pouco menos de quarenta anos, meio calvo, dentes amarelados de fumo. É este o *brasilero*, apresentou, altivo. Me levantei, cumprimentando-o, e ele, constrangido, explicou, Não sou *brasilero*, não, apenas conheço o Brasil. Satisfeito, Don Pepe afastou-se. Convidei-o a se sentar, puxou uma cadeira, quis que me acompanhasse na cerveja, naquele dia não iria trabalhar mais, mas ele recusou, esclarecendo que não tomava bebida alcoólica, e pedindo a Claudia uma garrafa de *pomelo*, um refrigerante local. Então, conhece o Brasil?, indaguei, para puxar assunto, e ele, retraído, respondeu, É, uma vez fui de ônibus até São Paulo... Tem uns cinco anos já... Ah, São Paulo! Eu moro no Rio de Janeiro. Não pensou em visitar o Rio? Contrariado, afirmou, olhos baixos, Não foi uma viagem de turismo...

Sitiados pelos ruídos de pratos, garfos, facas, vozes, orquestrados pelos gritos de Don Pepe e pelo tilintar do sininho, ficamos em silêncio. Embaraçado, El Gordo perguntou, O que vai fazer amanhã? Nada, declarei. Então, para se livrar daquela situação de desconforto, propôs, Ao meio-dia, passo no hotel, em que hotel o senhor está?, vamos fazer um *asado* na minha casa, o senhor gosta de carne, não? Nem sequer me ocorreu rejeitar, por delicadeza, o convite, tão aflito me achava. Ele se levantou, apertou minha mão, e saiu, acionando o sininho.

No dia seguinte, sob o esturricante sol do começo de dezembro, montei na garupa da Yasuki 125 cilindradas, e, após percorrermos sete quadras, El Gordo parou em frente a uma casa simples, há muito carente de pintura, assentada na calçada estreita, que permitia ingresso direto à porta da sala. Empurrou o portão lateral, descortinando um pequeno quintal malcuidado, cercado por um muro baixo, e um viralata acorreu até nós, pulando e lambendo e cheirando e fazendo festa, apesar de El Gordo repreendê-lo com carinhosa severidade, Chega, Tigre! Chega! Depois de estacionar a motocicleta à sombra de uma amoreira solitária, disse, Vamos entrar, subindo três degraus para alcançar a cozinha, onde deparamos com uma mulher magra, de uma beleza melancólica, trinta e poucos anos, cabelos louros, apagados olhos castanhos, que escorria água quente para a garrafa térmica. Cristina, minha esposa. Apertei sua mão, ainda úmida, declinei meu nome, ela sorriu, encabulada. El Gordo pendurou o molho de chaves no gancho de um quadro com o escudo azul do Nacional, de Montevidéu, conferiu as horas no relógio de parede, acendeu, ávido, um cigarro, e berrou, Julio!, Natalia!, açulando duas curiosas e assustadiças cabeças louras surgidas por detrás da cortina de plástico que separava os cômodos. Os herdeiros!, exibiu-os, orgulhoso.

Escaldando a erva, Cristina perguntou se eu desejava provar. Respondi que havia experimentado e julgava muito amargo. Então, ela passou o *mate* para El Gordo, que, chupando a bomba, elogiou a inteligência de Natalia, A melhor da classe, e o talento de Julio para o futebol, Um excelente defensor, tem raça, técnica, visão de conjunto. Natalia indagou sobre minha profissão e o que fazia em Dolores, Julio demonstrou profundo conhecimento sobre times e jogadores brasileiros. Cristina, de posse da cuia, afirmou que o marido sabia português e pediu que falasse comigo. Intimidado, esquivou-se, mas, como teimávamos, pronunciou algumas frases num portunhol incompreensível, levando os filhos às gargalhadas. Afinal, ele também achou graça e, afetando zanga, convocou, Agora basta, vamos acender o fogo!

Regressamos ao quintal, Tigre, excitadíssimo, trovejava de um lado para outro, rodeamos a casa e nos instalamos sob uma varanda improvisada, coberta por folhas de zinco. Com desvelo,

El Gordo, bermuda, camisa semiaberta que deixava à mostra um cordão de ouro com a medalha da Virgen de los Treinta y Tres, sandálias franciscanas, tomou uma escova de cerdas de aço e passou a limpar a *parrilla*. Julio aproximou-se com paus de lenha, depositou-os no chão, e saiu correndo para pegar jornais velhos. Sem saber o que fazer, apartei-me, disposto a explorar, com dissimulada atenção, cada recanto do lugar, mas uma música distante, que falava de amores perdidos, saudades, solidão, me tornou, de repente, ensimesmado... Dei meia-volta, apanhei uma das quatro cadeiras de plástico brancas espalhadas pela grama indomada, arrastei-a para junto de El Gordo e me pus a observá-lo, com admiração, instruindo o filho sobre a melhor maneira de confeccionar uma isca de papel para obter com sucesso a chama inaugural.

Entretido, nem percebi quando um senhor espigado, cabelos brancos, barba agreste, grandes olhos verdes, chegou, perguntando, efusivo, Gostando da nossa cidade? Ah, disse El Gordo, Esse é Don Carlos, pai de Cristina. Sogro dele, completou o velho, simpático, cumprimentando-me, Muito prazer! Já ofereceram algo para tomar? Aborrecido, El Gordo contestou, Ê, Don Carlos, nós nem atiçamos o fogo ainda, mas ele, ignorando o resmungo do genro, continuou, Trouxe vinho!, vinho uruguaio! Assenti com a cabeça e, contente, ele se dirigiu à cozinha. Don Carlos é uma boa pessoa, El Gordo confidenciou, mas às vezes bebe um pouco demais... fica inconveniente... Sem que notássemos, Cristina avizinhava-se, carregando dobrada uma toalha xadrez, branca e vermelha, Ele também bebia bastante, falou, melindrada, apontando o marido, e, esticando o tecido sobre a mesa de madeira, completou, Só parou por causa do acidente.

Don Carlos retornou, acompanhado por Julio e Natalia, trazendo uma garrafa de vinho e uma de Pepsi-Cola, e seis copos.

Ruidoso, encheu três com tinto e três com refrigerante e propôs, eufórico, um brinde, À amizade de Brasil e Uruguai! Em seguida, Cristina autorizou os filhos a assistir televisão e eles desembestaram casa adentro, seguidos, espalhafatosamente, por Tigre. El Gordo, consultando o relógio de pulso, buscou, aliviado, um cigarro no maço, acendeu-o com impaciência, e distraiu-se montando a grelha ao lado das achas de madeira que agora queimavam céleres, espalhando um cheiro bom pela infinita tarde azul.

Então, indagou Don Carlos, de que parte do Brasil vem? Moro no Rio, respondi. Ah, Rio de Janeiro! Maracanã... Eu tinha catorze anos quando ganhamos a Copa do Mundo. Vivia em Canelones, na época, ouvimos o jogo pelo rádio. Foi uma festa quando o Ghiggia fez aquele gol... Que tragédia para os brasileiros, não? É verdade que os torcedores largaram os calçados no estádio, porque não eram dignos de pisar o chão lá fora com eles? Esclareci que aquilo parecia uma lenda, sem o convencer. Cristina, que ajudava El Gordo a pôr *chorizo*, *morcilla* e provolone na grelha, ralhou, *Papá*, que conversa! Isso foi há mais de cinquenta anos! É, ele suspirou, e foi a última vez que fizemos alguma coisa que preste, minha filha, a última... Depois, nos tornamos o quê? Um país sem importância... El Gordo, amuado, quis argumentar, mas Don Carlos antecipou-se, O senhor notou que somos uma nação de velhos e crianças? Não há jovens, vão todos embora. Vão para a Espanha, para os Estados Unidos, para o Canadá... Até para a Austrália vão... Não têm futuro aqui. Cristina, sugando a bomba do *mate*, reagiu, Não é bem assim, *papá*... Claro que é... A ditadura acabou com o Uruguai! Nesse momento, El Gordo falou, irritado, Don Carlos, o senhor sabe que nesta casa não se discute política! O velho, desgostoso, ingeriu o resto do vinho, sussurrou, entre dentes, É, não se discute, e calou-se.

Ouvíamos o crepitar das chamas na *parrilla*. Cristina despejou água quente na cuia e a levou ao pai, que, afastado, de pé, mirava casmurro o céu sem nuvens. Fora de hora, um galo cantou. Perguntei então, rompendo com ansiedade o silêncio, como o casal havia se conhecido. Cristina desconversou, a face enrubescida, alegando que tratava-se de uma história comum. Porém, diante de minha insistência, contou, em linhas gerais, que quando cursava o último ano de licenciatura em enfermagem, em Montevidéu, uma amiga, Paloma, Lembra dela?, apresentou-os. Ele já tinha esse apelido naquele tempo, embora hoje esteja bem mais magro, comentou, divertida. Reconheceu que não simpatizou de imediato com o futuro marido, porque ele fumava muito e só falava sobre futebol, no que foi repreendida, com troça, por El Gordo, Ê, isso não é verdade! De qualquer maneira, começaram a namorar, sem muita esperança da parte dela, porque, diplomada, voltaria para Dolores, onde a família morava, a mãe ainda viva, e Don Carlos mantinha um pequeno comércio. Desesperado com a perspectiva de se separarem, El Gordo, que sobrevivia como escriturário numa firma de contabilidade, propôs que noivassem. No ano seguinte, ela já trabalhando no hospital de Dolores, meteu-se a estudar e passou no concurso do Banco República, tendo sido designado, no começo, para Minas, a trezentos e cinquenta quilômetros, onde permaneceu por um ano, até conseguir transferência para Fray Bentos, a uma hora de distância. Então se casaram, nasceram Julio, Natalia... Durante dois anos e meio, El Gordo viajava segunda-feira cedo para Fray Bentos e regressava sexta-feira, após o expediente. Até que houve o desastre...

Entediado com a paradeira das crianças, Tigre retornara, e aguardava, atento, que lhe oferecessem algo para comer, que abocanhava e engolia sem mastigar. Ao longo do relato de Cristina, Don Carlos desaparecera, mas, pouco antes do final, ressurgiu com outra garrafa de vinho e a térmica renovada de água quente, pondo ambas sobre a mesa. El Gordo colocou uma partida de *chinchulín* e *riñones* na grelha, e, desviando o assunto, disse, Estou de dieta, já perdi quase quinze quilos... Além disso, estou fumando apenas de hora em hora... Logo será conhecido como El Flaco, comentou Don Carlos, sardônico. Enquanto comíamos pedaços de *vacío*, regados com *chimichurri*, e pão, Cristina especulou se eu sabia do destino das personagens de *Alma Gêmea*. Apressado, Julio aproximou-se, interrompendo a mãe, que nos explicava a trama da novela brasileira que a Teledoce transmitia, *Papi*, telefone, Don Alcides! El Gordo voltou-se para o sogro, entregando-lhe, esbaforido, o *tenedor*, enquanto Cristina, irônica, comentava, É a amante dele, o futebol...

Roncando a bomba do *mate*, Don Carlos passou a cuia para a filha, e falou, incomodado, Desculpe ele, é um trauma... o pai sumiu durante a ditadura... Cristina completou, Ele chegou a viajar para o Brasil, foi até São Paulo, sem êxito. Uma frustração... Dois anos levantando pistas... Don Carlos destacou, comovido, Dizem que a mãe dele, Doña Bárbara, durante muito tempo ainda acreditava que qualquer dia um carro ia parar na porta da casa, buzinando, e seria o marido de regresso. Mas a ditadura se prolongou, os vizinhos se distanciaram, ela teve que mudar para o subúrbio... Doña Bárbara só alcançou criar o filho sozinha porque era ótima costureira, arrematou Cristina, ao escutarmos a voz de El Gordo, Resolvido o problema! Don Alcides conseguiu o ônibus! Que bom, a mulher o felicitou. Por que não convida nosso amigo para ir com você?, disse Don Carlos, as mãos em meus ombros, Seria um ótimo passeio para ele!

Sem jeito, El Gordo alegou que não sabia se eu gostava tanto assim de futebol, balancei a cabeça afirmativamente, para querer assistir um jogo de garotos, dei de ombros, numa demonstração de que não me importava, talvez influenciado pelo calor da tarde, a fumaça olorosa da *parrilla*, o céu limpo, talvez por me sentir meio zonzo. Animado, ele contou que treinava, há dois anos, o time sub-17 do Progreso, que no dia seguinte viajaria até Mercedes para um amistoso, O último do ano!, contra o Racing, Quarenta minutos de ônibus, informou, Se quiser nos dar a honra da companhia... A partir daí, a conversa transcorreu cordial. Don Carlos, cada vez mais à vontade, relatou casos engraçados de sua infância e adolescência em Canelones, Cristina recordou os tempos em que estudava em Montevidéu, Nunca mais voltei lá, constatou, nostálgica, enquanto El Gordo pastoreava o fogo, examinando de quando em quando o relógio de pulso. Afinal, quando o sol agonizava por detrás dos telhados, empoleirei na garupa da motocicleta e El Gordo me desembarcou no hotel. Entrei no quarto e deitei na cama, disposto a ver alguma coisa na televisão.

Acordei assustado com o despertador, a luz da manhã cobrindo meu corpo ainda cansado. Levantei com má vontade, tomei um banho breve, nem barba fiz, bebi uma xícara de café, mastiguei uma *tostada*, atravessei a praça e às seis e cinco me encontrava de pé, em frente à igreja, rodeado por vozes estridentes emanadas de rostos cravejados de espinhas. Cadê Julio?, indaguei. Prancheta na mão, caneta e apito pendurados no pescoço, El Gordo coordenava o tumulto, enfiado no uniforme do time, camisa de largas listras verticais verdes e vermelhas, separadas por finas listras brancas, calça de treinamento verde. *No pasa nada*, respondeu, Está de castigo, brigou com a mãe, emendou, amolado.

Mais vinte minutos e o ônibus deixava Dolores pela Ruta 21. Desassossegados, os garotos falavam alto e zombavam uns dos outros. Acomodado na última poltrona, de maneira a vigiar a algazarra, El Gordo me expunha os trunfos de seu time para enfrentar o adversário difícil, exaltando as qualidades do Racing, como para valorizar uma possível vitória ou minimizar uma indesejada derrota. Quando, enfim, a paisagem se firmou, desdobrada em monótonos campos de trigo, o alarido desapareceu, substituído pelo ruído do motor do ônibus.

Cevando a erva, El Gordo disse, como para si mesmo, *Sabés*, ainda hoje, quando passo por esta estrada, sinto uma coisa estranha. E, virando-se para mim, explicou que aquele tinha sido o caminho usado durante dois anos e meio para ir e voltar de Fray Bentos. Foi na saída de Mercedes que sofri o acidente, falou. Reparando em meu interesse, prosseguiu, entre goles de *mate*. Cristina, grávida de sete meses de Natalia, passou o fim de semana reclamando de dores. Regressei para Fray Bentos preocupado. Na quarta-feira, como todo dia, deixei o serviço e parei no *boliche* do Paraguayo, onde tomava duas, três cervejas, jogando conversa fora antes do jantar. De súbito, a filha da dona da pensão apareceu nervosa, haviam telefonado recomendando que eu fosse para Dolores, o bebê estava para nascer a qualquer momento. Entrei no meu Peugeot 306, que chamava de El Rojo, por causa da cor dele, e ganhei a estrada. Lembro que fazia uma noite clara, lua cheia, e eu vinha a mais de cento e vinte quilômetros por hora, ouvindo uma fita de Los Olimareños. As coisas aconteciam como planejado, em breve seria transferido para Dolores, negociávamos a compra de uma casa... Me sentia feliz, pleno... De repente, algo cruzou a pista, ou foi impressão, não sei... Acordei três dias depois no hospital de Mercedes... Concussão cerebral, a tíbia direita fraturada, pequenos cacos de vidro espalhados pela cabeça... Alguns permanecem até hoje... Fiquei dez dias internado, antes de ser conduzido de ambulância para Dolores, onde continuei mais vinte dias em repouso absoluto, vigiado por minha sogra, já muito doente, que ainda revezava os cuidados com a neta recém-nascida, com Julio, de colo, e com Cristina, de resguardo... Assustado, decidi parar de beber, nunca mais pus uma gota de álcool na boca... No começo foi difícil, mas hoje já não sinto falta... As primeiras casas apontaram no horizonte, Mercedes!, exclamou, acendendo um rastilho que explodiu em gritos, berros, urros, Progreso!, Progreso!, Progreso! Marcado para as nove e meia, o jogo, muito disputado, terminou com a vitória do Racing, dois a um. Na volta, embora veloz, o ônibus, envolto numa espessa nuvem de tristeza, parecia rodar lento, como se a querer retardar a chegada. Braços cruzados, El Gordo fingia dormir.

Na semana seguinte viajei para Montevidéu. O sábado dediquei a conhecer o Mercado do Porto e o Museu Torres García. À noite, andei devagar pela Rambla Mahatma Gandhi, sorvendo a brisa, e jantei um *puchero* num restaurante em Punta Carretas, acompanhado de duas taças de vinho e finalizado com um *chajá*. A tarde abafada do domingo gastei garimpando lembranças entre as quinquilharias da feira da rua Tristán Narvaja. Não sou de demonstrar afetividade, mas o Natal se aproximava e queria expressar minha gratidão a El Gordo e sua família. Comprei uma cuia e uma bomba com o escudo do Nacional para ele; um álbum de figurinhas, completo, da Copa do Mundo de 1962, para Julio; uma boneca de louça, ainda na caixa, para Natalia; um camafeu para Cristina. Para mim, um exemplar de *Don Quijote de la Mancha*, publicado em Buenos Aires em 1944, por Joaquín Gil Editor, com quatrocentas e setenta e duas ilustrações de Gustave Doré, uma dedicatória, "*Para Martha, porque también yo soy un Quijote luchando contra molinos de viento*", assinatura ilegível, datada de "28, abril, 1945".

Na terça-feira, procurei El Gordo na agência do Banco República, entreguei os presentes, e ele, emocionado, fez questão de me apresentar aos colegas. No dia seguinte, ao retornar do trabalho, encontrei um recado na portaria do hotel. Liguei, e ele, após declarar que eu havia deixado todos muito contentes, me convidou para passar o domingo em La Concordia, na beira do rio Uruguai. Falei que adoraria, mas, como ia embora na segunda-feira de manhã, precisava dedicar a véspera para arrumar as malas, descansar um pouco... Demonstrando surpresa, consultou Cristina, ao seu lado, E sábado? Sábado está bem? Respondi que sim, e ele, satisfeito, ficou de me pegar às oito horas da manhã.

Cristina desceu do Astra prateado, Bom dia, disse, baixando o banco para que eu pudesse me acomodar no assento de trás, espremendo Natalia contra Julio, que ocupava, vitorioso, a janela. Bom dia a todos, falei. El Gordo deu a partida e caçoou, *Che!*, Cristina gostou tanto do, como é que chama mesmo?, ah!, gostou tanto do camafeu, que guardou para usar apenas em ocasiões especiais. Tímida, ela se justificou, Tão lindo! Vou botar na noite de Natal. Não passa o Natal conosco? Expliquei que tinha voo marcado para o Rio de Janeiro e que, a bem da verdade, não ligava muito para essas datas festivas. Então, não tem família?, indagou. Quem é que se interessaria por alguém que vive todo o tempo viajando?, que não para em lugar algum?, respondi. E não se sente sozinho? Olhei para a língua negra de asfalto que se estendia estreita entre largos campos dourados e me percebi meditativo. Às vezes, murmurei. E, mudando o curso da conversa, perguntei, Por onde anda Don Carlos? Em Rivera, Cristina explicou. Minha irmã *menor* mora lá, meu cunhado é gerente de hotel. *Papá* alterna as festas de fim de ano entre Dolores e Rivera.

Como se apenas aguardasse uma brecha, Julio recitou, inflamado, Em 1962 o Uruguai foi eliminado na primeira fase da Copa do Mundo. Ganhamos um jogo, contra a Colômbia, mas perdemos dois, contra a Iugoslávia e a União Soviética. Mas também a Iugoslávia terminou em quarto lugar... Tínhamos um time fraco naquela época, interveio El Gordo. E você, Natalia, gostou da boneca? Antes que respondesse, o pai intrometeu-se, Gostou, não é, Natalia?, gostou, sim. Ela não gostou, não, tripudiou o irmão. Cristina insistiu, Claro que gostou! Então, perguntei de novo, Gostou, Natalia? Pode ser sincera. Ela, levantando a cabeça, afirmou, contrariada, Ela é velha... Ela é antiga, corrigi, sorrindo. Do tempo da sua avó... Olhos arregalados, indagou, É mesmo? Confirmei, e seu rosto iluminou-se. Assim, Natalia também só vai exibir o presente dela em ocasiões especiais, El Gordo comentou, e todos rimos. Já tem nome, ela?, sondei. Que nome o senhor daria?, Cristina interveio. Mergulhado na solidão da paisagem, quilômetros e quilômetros de silêncio e vazio, sugeri, Que tal Luisa?, evocando minha mãe. Cristina emendou, Anita é um lindo nome, não é, Natalia? Anita!, a menina sussurrou, enternecida.

Maiô preto realçando a brancura do corpo delgado, Cristina sentou-se sobre a toalha estendida na praia e começou a preparar o *mate*, observando Julio e Natalia chapinhando nas águas mornas do rio Uruguai. Após fumar um cigarro, El Gordo me intimou a caminhar, Faz bem para a saúde. Ambos trajávamos bermuda e óculos escuros; ele exibia a barriga saliente, o cordão de ouro, eu vestia camisa branca de malha, mangas longas; eu de boné, ele sem; os dois descalços. Lá do outro lado, e apontou a margem afundada no horizonte, está a Argentina. Seguimos em silêncio, enterrando os pés na areia grossa e quente, cruzando vez em vez com raros turistas. De repente, El Gordo deteve-me e falou, Então, volta para o Brasil depois de amanhã?! Assenti, com um meneio de cabeça. Como que tentando desengasgar, suspirou, Brasil... Não tem vontade de voltar lá?, perguntei. *Che*, é uma longa história! E, tomando fôlego, tornou a andar, devagar, alheado.

Mirá!, disse, quando sofri aquele acidente na estrada de Mercedes, uma das coisas que mais me apavoraram era a ideia de morrer sem saber o que havia acontecido com meu pai. Meu pai... desapareceu... durante a ditadura... Ele era motorista de táxi, e, de acordo com minha mãe, não possuía qualquer envolvimento com política... pelo menos que ela soubesse... Um dia, quando tinha oito anos, justo a idade da Natalia, ele passou em casa, eu estava dormindo, deviam ser umas onze horas da noite, e falou para minha mãe, agitado, que ia sumir por uns tempos, mas que não se preocupasse, logo regressaria. Pegou algumas mudas de roupa, mandou ela ligar para a empresa, com uma desculpa qualquer, pedindo que recolhessem o carro, e saiu apressado, a pé, exigindo sigilo sobre tudo aquilo. Minha mãe, amedrontada, não encontrou forças nem para perguntar o que estava acontecendo. Evitando chamar a atenção da vizinhança, espalhou que ele fora resolver um problema de família no interior, e tentou que a vida fluísse normal. Contudo, atravessava as madrugadas em claro... esperando... esperando... Depois de quinze, vinte dias, veio o desespero. Corriam à boca-pequena histórias terríveis de gente sequestrada, torturada e morta, cujo corpo nunca era localizado. Então, largando os afazeres, e comigo *en bandolera*, iniciou uma peregrinação em busca de notícias. Conversou com taxistas de toda Montevidéu, frequentou delegacias e cadeias, sem sucesso. Ninguém sabia do paradeiro de meu pai. Depois de nove meses, nos achávamos numa situação bastante delicada. Recebemos ordem de despejo por falta de pagamento do aluguel, e, de uma hora para outra, fomos obrigados a trocar a casa confortável em que morávamos em La Blanqueada, perto do Gran Parque Central, por outra, pequena e úmida, em Casavalle.

Havíamos percorrido toda a extensão da praia e voltávamos, flanqueando nossas pegadas, quando El Gordo, agarrando meu braço, perguntou, Quer tomar uma cerveja? Era cedo para beber, mas minha camisa e meu boné já se encontravam encharcados de suor, e minha pele, desacostumada, ardia ao sol áspero.

Atravessamos a rua e nos dirigimos a um *boliche*. Sentamos, El Gordo pediu uma Patricia para mim e um *pomelo* para ele, o rio sereno à nossa frente, ralas nuvens brancas deslizando rumo ao norte. O rapaz depositou as garrafas na mesa, abriu-as e encheu os copos. E o que aconteceu depois?, indaguei, esvaziando o meu, de uma só vez. El Gordo acendeu um cigarro e continuou, *Mirá!* Quando vivíamos em La Blanqueada, eu estudava de manhã, brincava na rua à tarde, assistia televisão à noite. Minha mãe, fita métrica pendurada no pescoço, me exibia às freguesas, mulheres ricas dos arredores que me estragavam com dengos e regalos. Durante a semana, meu pai me deixava na escola de carro, para inveja de meus colegas, e aos domingos me carregava aos estádios para acompanhar as partidas do Nacional. No verão, passávamos uma semana em Piriápolis. Mas, em Casavalle, os dias escorriam sempre cinzas... Pouco a pouco, nos conformávamos com nossa condição. Eu, enfurnado no quarto, sem amigos, engordava, comendo porcarias. Minha mãe, debruçada na máquina de costura, emagrecia, trabalhando. De uma hora para outra, ela se tornou encurvada, amarga, ranzinza, os cabelos branquearam. Se no começo sentia tristeza pela ausência de meu pai, aos poucos passei a ter raiva, por ele nos abandonar naquela quase indigência... Cresci tendo como único divertimento participar da Banda del Parque, a *hinchada* do Nacional. Cheguei a atravessar o Rio da Prata em várias ocasiões para assistir jogos em Buenos Aires. Logo que atingi a maioridade, já empregado num escritório contábil, minha mãe descobriu um *tremendo* câncer no intestino, que a aniquilou em três anos... Me vi, de repente, sozinho, sem parentes, sem ninguém... Então, conheci Cristina, passei no concurso para o Banco República, morei em Minas, depois em Fray Bentos, consegui transferência para Dolores... Enfim, essas coisas todas que já são de seu conhecimento. *Bueno*, quando sofri o acidente, El Gordo parou, interrompido por Julio, que penetrou no *boliche* esbaforido, É para voltar. A *mamá*... Nós estamos com fome... El Gordo passou a mão na cabeça do filho e perguntou, Quer tomar um *pomelo*? Coca-Cola, pode ser?, negociou. El Gordo virou-se para o rapaz atrás do balcão, Ê!, dá uma Coca-Cola para o menino aí, por favor. Julio abancou-se próximo da televisão e permaneceu estático vendo um desenho animado. Engoli o resto da cerveja e me preparei para levantar, mas El Gordo, gesticulando, falou, *Tranquilo, no pasa nada*, e pediu outra Patricia para mim.

Bueno, retomou, durante minha recuperação, deitado sem o que fazer por semanas, comecei a pensar em meu pai. Com o tempo, a imagem dele tinha se esfumaçado... O único retrato que restou é o que emoldurava a parede de nossa casa. Colorizado, mostrava um homem de bigodes bem aparados, brilhantina nos cabelos castanhos, olhos claros, uma pinta no lado esquerdo do rosto, envergando um terno elegante, ar de *rompecorazones* de Hollywood... No entanto, uma figura sem voz, sem movimento, sem alma, como um antepassado remoto... Minha mãe se recusava a falar dele... Eu acatava indiferente minha orfandade. Mas, naquelas horas arrastadas de repouso forçado, uma cisma me incomodava... E se eu tivesse morrido naquele acidente? Nunca me perdoaria por não haver ao menos tentado localizá-lo. Eu principiava a mudar de opinião... Algo muito sério devia ter ocorrido... Um homem não desampara assim, do nada, um filho, a mulher... E, no fundo, eu desejava que estivesse vivo, para poder abraçá-lo, conversar com ele, contar sobre os netos... Me dispunha a perdoá-lo, esquecer tudo, se necessário... Assim que melhorei, fui a Tacuarembó, onde meu pai nasceu, e, especulando com um e outro, a cidade é pequena, descobri dois tios, que me receberam ressabiados e relataram, com mágoa, que o irmão fugira adolescente para Montevidéu e nunca mais dera notícia. Aliás, sem demonstrar qualquer simpatia, ficaram admirados por saber da minha existência. Em Montevidéu, abordei antigos vizinhos de La Blanqueada, conferenciei com velhos taxistas, pesquisei nos arquivos da Chefatura de Polícia, sem avançar pista alguma. Gradualmente, as recordações colhidas esboçavam um desenho mais nítido dele... Todos realçavam sua beleza e bom gosto, as roupas impecáveis, a alegria, a conversa sedutora... Um dia, por acaso, vi na televisão um ex-tupamaro, Pedro Guardini, agora deputado, lembrando sua passagem por São Paulo durante o exílio, e não sei por que pressenti que meu pai poderia ter escapado para lá também. Liguei para a produção do programa, expliquei meu dilema, asseguraram que me colocariam em contato com ele. Natalia estacou à nossa frente, *Papá, mamá* está brava!, e notando a garrafa de *gaseosa* vazia diante de Julio, reclamou, Também quero. El Gordo, voltando-se para o rapaz atrás do balcão, disse, Ê!, dá uma Coca-Cola para a mocinha aí, por favor. Quando informei o nome, características físicas e circunstâncias do sumiço, prosseguiu, Guardini confessou que não conhecera ninguém assim, nem durante a militância no Uruguai, nem na época em que se refugiou no Brasil. Mas prometeu me repassar o número do telefone de uma pessoa que, radicada em São Paulo, tinha sido uma espécie de elo entre os expatriados.

Sob o sol do meio do dia, marchamos, a sola dos pés queimando na areia. E essa pessoa... em São Paulo... sabia de algo?, perguntei. El Gordo, após consultar o relógio, procurar o maço no bolso da bermuda e acender ávido um cigarro, respondeu, Mais ou menos... Este senhor, Don Álvaro Antonio Pardo, lembrou que havia conhecido meu pai uns vinte anos antes, mas acabou perdendo-o de vista. Entretanto, gabando-se de sua organização, mencionou que devia ter registrado os dados da época e pediu que o procurasse dois dias depois. Liguei, ele alegou que não conseguira nada ainda, requereu mais uma semana, outra, um mês... *Bueno*, constatei que Don Álvaro me *engrupía*. Assim, sem refletir, decidi viajar para o Brasil. Peguei um ônibus, quatro horas e meia até Montevidéu, e de lá mais trinta até São Paulo. Cheguei, me hospedei num hotelzinho *muy malo* perto da Rodoviária, e telefonei para Don Álvaro. Espantado, argumentou ser impossível nos encontrarmos naquele dia, porque trabalhava como impressor até tarde na oficina de um jornal, mas me convidou para almoçar na casa dele. Após me expor seu passado (infância pobre em Montevidéu, emprego numa gráfica, filiação ao Partido Comunista, desterro, casamento, filhos, separação, desencanto com a política), explicou que tinha sido apresentado a meu pai, não recordava mais em que passagem, e que arrolara o endereço, como fazia com todos os compatriotas, para mantê-los unidos. Com o fim da ditadura, muitos regressaram para o Uruguai, outros se abrasileiraram, a comunidade se dispersou... Depois do café, trouxe um caderno de capa dura preta, empoeirado, depositou sobre a mesa, e, umedecendo com saliva as pontas dos dedos, folheou devagar as páginas amareladas e quebradiças até identificar o nome de meu pai. O telefone, nem adianta, alertou, os números foram todos trocados. Agradeci e, ansioso, tomei um táxi para a direção anotada, mas constatei, conversando com os vizinhos mais antigos, que ele se mudara há muitos anos, sem deixar rastros. El Gordo suspirou, acabrunhado, e concluiu, A volta foi difícil... Natalia aproximou-se, anunciando que a mãe estava no carro, *enojada*. *Bueno, che*, disse, Aceitei a ideia de que nunca mais iria vê-lo... Desisti daquela obsessão... Sosseguei... Pelo menos você tentou, falei, empenhando-me em consolá-lo. É, murmurou, cético, encaminhando-se ao Astra, pronto a enfrentar a ira de Cristina.

Perguntei a Julio e Natalia onde íamos comer, eles escolheram o quiosque no meio da praça. Ordenamos *chivitos* e *gaseosas* e sentamos num banco, sob as árvores. Lambuzados de maionese, observamos Cristina aproximar-se, óculos escuros, nariz vermelho, El Gordo, desconcertado, em seu encalço. Ela se mostrou irritada com os filhos, por me terem deixado pagar os sanduíches, mas contentou-se quando expliquei que eu os havia convidado, e encomendou uma *milanesa al pán*. El Gordo solicitou uma *empanada* e um *pomelo*. O regresso a Dolores transcorreu em silêncio. Julio emburrado, porque compelido a ceder a vez a Natalia na janela; Cristina, ao volante, retrucando com muxoxos as investidas do marido. Ao entrarmos na cidade, ela estacionou em frente a uma *heladería*, falou para El Gordo descer e comprar sorvete para as crianças, queria ir para casa, Dor de cabeça, desculpou-se. Saiu do Astra, Não nos vemos mais, *verdad*? Abraçou-me forte, entrou no carro, deu a partida. Sem graça, o marido justificou, É enxaqueca... Bom, também vou indo, um monte de coisas para resolver, anunciei. Julio me acenou, Natalia me enlaçou o pescoço. El Gordo acompanhou-me à esquina, apertou minha mão direita, Até um dia!, disse, Até um dia, repeti, e avancei, sem virar o rosto.

Exausto, adormeci, embalado pelo zunido do aparelho de ar condicionado. À noite, perambulei pelas ruas imersas no mormaço, desviando-me das cadeiras estendidas nas calçadas, cuias de *mate* animando as palestras, e abrindo picadas entre as sombras das árvores. Sem perceber, me encontrei à margem deserta do rio San Salvador, na região do porto. Caminhei rumo a uma luz que, esgueirando-se pela porta estreita, banhava uma nesga do asfalto. Entrei, suspendendo a animada discussão sobre futebol entre dois fregueses, um, baixo e barrigudo, outro, alto e magro, que bebiam cerveja de pé, junto ao balcão. Cumprimentei-os, perguntei se havia ainda algo para petiscar, o dono do *boliche* disse que poderia providenciar uma *hamburguesa*. Pedi uma garrafa de Norteña e, suando, me sentei numa mesa emoldurada por uma janela minúscula.

Manhã seguinte acordei por volta das onze horas. Levantei sem pressa, fiz a barba ouvindo músicas antigas na Radio Skorpio, tomei um banho comprido e pus roupa leve para suportar o calor abafado. Percorri as três quadras que separam o hotel do restaurante, abri a porta acionando o sininho e me entoquei, preservando-me do atropelo e da zoeira do almoço domingueiro em família. Comi *tapa de cuadril*, *papas soufflé*, alface e tomate, e degustei duas taças de um vinho recomendado por Don Pepe, que se mostrava abalado por minha partida, assim como Claudia, que sumiu quando a procurei para me despedir. Gastei o restante da tarde ajeitando a bagagem, a televisão sintonizada num programa de auditório argentino. Às sete e meia, o telefone tocou. El Gordo disse que se encontrava na portaria para deixar um presente que Cristina esquecera de me dar mas que, não fosse incômodo, gostaria de entregar pessoalmente. Falei que subisse, vesti uma camisa e aguardei. Ele surgiu ofegante, embrulho na mão esquerda, *Che*, como está? Mandei que entrasse, ficasse à vontade, me passou o pacote, *Alfajores* caseiros, uma conhecida de Cristina fabrica, depositei sobre a mesa de cabeceira. Após esquadrinhar o cômodo, comentou, Bonita a vista daqui, embora estivéssemos no primeiro andar, de onde se enxergam apenas as casas dos quarteirões adjacentes e a torre da igreja.

Estranhei quando ele, sem consultar o relógio, buscou no bolso da camisa o maço de cigarros, separou um e acendeu-o. Ofereci um cinzeiro, desliguei o ar-condicionado, escancarei a janela. Só então reparei nas nuvens carregadas feridas por relâmpagos, que, atiçando trovões, apregoavam uma tempestade. Inquieto, El Gordo lamentou, Uma pena, assim, tão rápido... Tranquei o cadeado e arrastei a mala para um canto. Sai cedo? Às cinco da manhã, respondi. Pois é. Bem... eu... Ele movimentava as mãos com nervosismo. Depois de arremeter a guimba para a calçada, declarou, *Bueno*, acho que já vou... Perguntei,

Aconteceu algo? Ele, titubeando, disse, Não... *No pasa nada*... Sem me convencer, perguntei de novo, Está tudo bem? Fitando a tela da televisão desligada, que refletia os clarões a iluminar o céu escuro, declarou, agoniado, É que... talvez... eu preciso... acho... eu preciso... dizer uma coisa... A história... a história que contei... sobre meu pai... quer dizer... essa história... essa história que eu conto... que é a que todo mundo conhece... É que não... não aconteceu bem assim... Eu... eu encontrei meu pai em São Paulo... Encontrou?!, indaguei, surpreendido. Mas nunca... nunca disse para ninguém... nem para Cristina... E por quê?, questionei. Ele, acendendo outro cigarro, emendou, alvoroçado, Meu pai... Ele... ele era... é... se estiver vivo... não sei... um grande... *pelotudo de mierda*... Por isso... nunca contei a história... a história verdadeira... Mas isso fica aqui... remoendo... dentro de mim... machucando... Tenho receio de ter um ataque... morrer... sem ver meus filhos criados... Nunca me perdoaria... Preciso contar... contar para alguém... Eu queria esquecer... queria que nunca tivesse existido... mas... não... não tem jeito... Não consigo dormir... Tomo remédio... tranquilizante... não adianta... Acordo de madrugada... transpirando... o coração descompassado... Fico com medo de revelar isso durante o sono... Cristina ouvir... os meninos... Não quero que eles saibam... Talvez... talvez se eu contar... contar para alguém... Acomodando-me à poltrona, afirmei, Pode confiar em mim. Arrastando as pernas de repente pesadas, El Gordo, um cigarro após outro, principiou a falar, o vento inundando o quarto com o cheiro ancestral de terra molhada.

"Eu tomava a terceira cerveja, quando a filha da dona da pensão, em Fray Bentos, chegou anunciando que haviam telefonado de Dolores, Cristina estava internada, o bebê nasceria a qualquer momento. Brindei com os colegas do *boliche*, peguei El Rojo e saí apressado. Conhecia bem a estrada e por isso considerava seguro acelerar a mais de cento e vinte quilômetros por hora. De repente, logo depois de passar por Mercedes, me assustei com algo que atravessou a pista, perdi a direção e, em segundos, o carro rodopiou e capotou. Um silêncio enorme baixou sobre tudo... Abri os olhos e não enxerguei nada... Meus músculos tremiam, descontrolados... Suspenso o tempo, não lembro quanto durou essa angústia... Aos poucos, as coisas foram se assentando... Recomeçaram os barulhos que infestam o campo, cricrilar de grilos, coaxar de sapos, pios de passarinhos, cachorros latindo ao longe... A luz da lua clareava a noite... Estrelas faiscavam no céu... Eu me achava preso nas ferragens, de cabeça para baixo. Passei a mão pela roupa empapada, não atinava se sangue, se lama... O rosto lanhado, a perna quebrada, a cabeça latejando... Me vi menino mimado andando de velocípede no quintal de nossa casa em La Blanqueada, a chuteira que ganhei no aniversário de sete anos, os jogos no Parque Central e no Centenario, os passeios pela *rambla*, os sorvetes de domingo em Pocitos, os aviões no Aeroporto de Carrasco, meus amigos Juanito, Tano, Lucho... Minha turma do Grupo Escolar Felipe Sanguinetti... Chela, minha primeira paixão... As férias em Piriápolis... Depois, os dias de aflição... Meu pai sumido, os vizinhos desconfiados, o desdém dos colegas, a mudança para Casavalle... As tardes de tristeza, enfiado no quarto... Minha mãe debruçada na máquina de costura... os cabelos branqueando... a magreza... as dores... as internações... as cirurgias... as sessões de quimioterapia... Lenço na cabeça, só ossos e amargura... O cheiro de doença impregnando a casa... A nossa solidão... A morte dela, quase ninguém no velório... caía uma chuvinha fina sobre os túmulos do Cementerio del Norte... Eu, na *hinchada* do Nacional... O encontro com Cristina... Ela, em Dolores... Eu, em Montevidéu, virando as noites a estudar para o concurso do banco... Em Minas, nos ligávamos quase todas as quartas e sábados. No casamento, a igreja cheia de parentes dela, nenhum meu... Ir e vir de Fray Bentos... O cansaço... As dificuldades... Viver na casa dos sogros... A gravidez... O nascimento de Julio... Outra gravidez... Tudo tão rápido... Trabalhava, comia, bebia, fumava, sempre correndo de um lado para outro... Tudo tão sem sentido... E agora, que vislumbrava o fim, meu pai ressurgia... Nunca mais pensara nele, desde o enterro de minha mãe, quando ansiei, pela última vez, por sua aparição. Percebi o quanto talvez estivesse sendo injusto, compreendi que apenas um motivo muito sério empurraria um homem para longe de sua família, e, como me sentia incapaz de um gesto nobre, condenava sua atitude pela minha covardia, quando deveria ser a partir da coragem de perseguir um ideal, abrindo mão da própria felicidade, que deveria julgá-lo. Não sei se tudo isso passou pela minha cabeça naquele momento ou se elaborei mais tarde. Lembro que, antes de desmaiar, tomara uma decisão: caso sobrevivesse, iria tentar localizá-lo, custasse o que custasse. Despertei três dias depois no hospital de Mercedes, concussão cerebral, tíbia direita fraturada, fragmentos de vidro incrustados no rosto e no couro cabeludo... Seis meses se sucederam, entre repouso e fisioterapia, e outros seis, de readaptação ao serviço, até conseguir iniciar minha busca. Em Tacuarembó, meus dois tios me receberam ressabiados e disseram, com indignação, que meu pai havia partido adolescente e nunca mais dera notícia, adoecendo minha avó de desgosto. Fracassaram todos os esforços para contatá-lo, parecia evitar os parentes, nunca conheceram o motivo. Eles desprezavam o irmão *menor*, sujeito cativante, mas pouco interessado nas pessoas. Proferir seu nome ali era revolver a carne viva. Em Montevidéu, conversei com antigos moradores de La Blanqueada e com velhos motoristas de táxi e todos realçavam sua beleza, olhos meio esverdeados para uns, cor de mel para outros, cabelos castanhos brilhantinados, bigode bem aparado, pinta no lado esquerdo do rosto... Impecável em seus ternos, gravatas e sapatos, impressionava as mulheres com sua elegância, seduzia-as com seu charme... Um *rompecorazones* sempre disposto a uma aventura amorosa, comentavam os colegas, com cinismo... Minha mãe, as vizinhas recordavam, não aceitava como verdadeiras as histórias escabrosas que circulavam em surdina, até porque o marido a enchia de perfumes caros, que ela adorava, e tratava-a com carinho e devoção. Ninguém entendia como ele se metera com política. Aliás, ninguém acreditava nisso... Apenas eu... Eu mantinha esperança de encontrá-lo, mesmo ciente de que seu nome não constava das listas de ex-prisioneiros, exilados, mortos ou desaparecidos. E mesmo que Cristina e meu sogro considerassem uma *tontería* continuar a investigação; meu chefe no banco reclamasse de meu alheamento no serviço; os amigos alertassem que meu pai poderia ter sido assassinado e seu corpo jogado no mar ou numa vala comum — mesmo assim, eu mantinha esperança de encontrá-lo. Entretanto, decorrido mais de um ano sem novidades, começava a fraquejar... Frustrado, andava cabisbaixo, pronto a admitir o revés, quando, por acaso, vi na televisão, num sábado tarde da noite, a entrevista de Pedro Guardini evocando o período em que permaneceu desterrado no Brasil. Não sei por quê, senti que meu pai poderia ter se refugiado lá também, o que confirmei com um telefonema para Don Álvaro Antonio Pardo. Admitindo tê-lo conhecido uns vinte anos antes, e orgulhoso de sua organização, ele se dispôs, solícito, a procurar entre os guardados os apontamentos que fizera à época. Mas, sem que depreendesse por quê, depois passou a me desencorajar, enredando-se em fiapos de desculpas. Após mais de um mês de evasivas, embarquei agitado para São Paulo, dia e meio dentro de um ônibus. Don Álvaro me recebeu para almoçar e, embaraçado, mostrou o nome de meu pai num caderno de capa dura preta empoeirado...

ao lado do nome de uma mulher... Contrafeito, disse que, após minha primeira ligação, lembrou que, ao ser apresentado a meu pai, ele achava-se casado com uma brasileira, coisa que, deduziu, eu não atinava. Na hora, zonzeei, minha vista estremeceu, meu coração falhou... Atordoado, rabisquei o endereço num papel, agradeci, e peguei um táxi. No longo caminho entre o bairro Casa Verde, onde ficava o apartamento de Don Álvaro, e o lugar, chamado Jardim São Jorge, me martirizava. Então, meu pai possuía outra família?! *Hijo de puta!* Como podia ter sido capaz de largar a mim e minha mãe numa situação financeira precária, num momento político complicado, para debandar para o Brasil, sabe-se lá por quê?! Sem remorso, sepultou o passado, como se nunca houvéssemos existido... Agora entendia a raiva de meus tios, o silêncio de minha mãe, e começava a me considerar um imbecil, preocupado com alguém que não merecia nenhum apreço. Pensei em voltar ao hotel, pegar minha bolsa e retornar para Dolores. Cristina estava certa, aquilo havia virado uma obsessão estúpida... Quando notei, estacionávamos em frente ao número 245 da rua Giácomo Garrini. Os anos se vão, mas essas coisas mantêm-se grudadas na memória... Uma casa simples, mas ampla, paredes pintadas de verde-escuro, edificada no alto de um barranco, cercada por grades... Paguei a corrida, desembarquei, toquei a campainha. Muitas e muitas vezes, sem que atendessem. Tanto insisti que a vizinha do lado esquerdo aflorou à janela, curiosa e desconfiada. Cumprimentei-a e indaguei se era a residência de... e dei o nome de meu pai... Com dificuldade para nos comunicarmos, ela explicou que ali morava Dona Valentina, viúva ou separada, com dois filhos. Um calafrio percorreu minha espinha, imaginei-o morto, e me culpei por tê-lo odiado. Falou que em dez anos nunca soube do marido dela e perguntou se eu era parente. Engasguei, disse que sim, parente distante... Tomei fôlego, assuntei como poderia encontrar Dona Valentina, e a mulher contou que ela regressava por volta das sete horas, e que a filha, Selma, estudava à noite e ia direto do trabalho para a faculdade, fazia administração de empresas, e que o rapaz viajava bastante, como representante comercial. Pedi para repetir o nome dele, pois não acreditei no que ouvi... e era mesmo o meu nome... Devia ficar feliz por descobrir que tinha irmãos? O que passava por minha cabeça eram os anos de solidão e desalento, meus e de minha mãe, enquanto Dona Valentina e seus filhos usufruíam do cuidado e do carinho de meu pai. Ao mesmo tempo, não podia culpá-los, pois talvez nem suspeitassem de nossa existência... Mas a ignorância deles não diminuía a sensação de ter sido privado de meu pai na idade em que mais necessitava de sua estima. Além do quê, dando meu nome a outro, é como se me matasse, substituindo-me em sua afeição... E assim me reconhecia, um morto vivo... A caminho de um bar, seis quadras adiante, o bafo quente do asfalto subindo pelas minhas pernas, me vi pela primeira vez prestes a romper o compromisso de não tornar a beber. Entrei, suado, desejando uma cerveja, mas resisti, e, dirigindo-me ao rapaz que ajeitava as coisas atrás do balcão, pedi uma Coca-Cola. Sentei em uma mesa de plástico vermelha, bem junto à calçada, as ideias embaralhadas pelo ruído do ventilador de teto, o barulho da música alta, o estrépito da avenida... Por cerca de duas horas, quatro refrigerantes e três pacotes de batatas fritas, me distraí observando o lerdo movimento da tarde. À medida que o sol baixava, os ônibus surgiam cada vez mais lotados, despejando rostos cansados que se espalhavam ao redor. Em mim, crescia uma saudade imensa de Cristina, das crianças, de Dolores... Já não estava seguro de querer me avistar com Dona Valentina. Cheguei a levantar para ir embora, mas me contive. Eu tinha que esclarecer aquela história! Angustiado, encostei num poste, próximo à casa, fumando e consultando o relógio a todo instante.

Às sete e vinte, um automóvel preto já meio velho parou transversalmente na rua, ao volante uma mulher, cerca de cinquenta anos. Respirei fundo, e, aproximando-me, disse o nome dela e mencionei o meu. Apavorada, conduziu depressa o carro para dentro da garagem, cerrando o portão eletrônico. Estaquei trêmulo, sem saber o que fazer... Não lembro quanto tempo decorreu, dez minutos?, vinte?, até que a percebi, no alto da escada, a luz fraca da varanda às costas impedindo a visão de seu rosto. Agressiva, perguntou, em espanhol, quem eu era e o que pretendia. O diálogo que se estabeleceu a partir daí é, para mim, até hoje, confuso, incerto, irreal. Recordo a silhueta magra, braços cruzados, a voz flutuando na noite, o cheiro sufocante de gasolina queimada misturado ao perfume doce das flores que disputavam com o mato o minguado espaço de um jardim selvagem, minha fome, minha sede. Então, sem pausa, expus que meu pai, antes de se refugiar em São Paulo, era casado no Uruguai, e revelei-me seu filho, falei de meu acidente, das tentativas de obter notícias, relatei a conversa com Pedro Guardini e o encontro com Don Álvaro, o espanto ao descobrir que ele constituíra nova família, o assombro ao ouvir meu nome dado ao filho dela, o temor de que, apesar de tudo, fosse tarde demais. Recordo que ela comentou, com deboche, sobre a hipótese de que tivesse sido perseguido pela ditadura militar, A única coisa pela qual se interessa é ele mesmo, e confirmou que, sim, os dois filhos dela eram meus meio-irmãos; sim, meu pai estava vivo; sim, ela conhecia seu paradeiro; não, ele nunca contou sobre o passado no Uruguai; não, ela não se admirava com nada disso; e explicou que, embora não o visse há mais de quinze anos, depositava todo mês um salário-mínimo na conta do ex-marido, em troca da certeza de que ele jamais os procuraria. E tachou-o de egocêntrico, alcoólatra, interesseiro, mulherengo, violento, mau-caráter, prepotente, arrogante. Terminou aconselhando que, como eu parecia uma pessoa boa, melhor seria abandonar a ideia de reencontrá-lo. Respondi, resignado, que não podia fazer isso. Ela insistiu que renunciasse à busca, antecipando minha decepção, mas, como não me demovia, propôs, num misto de pena e desprezo, que, se garantisse esquecer que ela existia, que existia aquela casa e mesmo que aquela visita existira, me forneceria a direção de meu pai. Argumentei que a troca não era justa, queria pelo menos conhecer meus meio-irmãos, mas, impassível, retrucou que não havia lugar para negociação, e, virando as costas, desapareceu pela porta da sala. Permaneci parado, sob a luz do poste, o chão coberto de guimbas de cigarro, sem saber que atitude adotar. Ela ressurgiu, dali a minutos, postou-se no mesmo lugar e indagou sobre minha decisão. Antecipando-se à minha resposta, advertiu, com calma, mas em tom de ameaça, que, caso teimasse em voltar lá ou ousasse contatar os filhos, tomaria providências, e insinuou que conhecia gente importante que poderia me deixar em situação bastante complicada. Ponderei que, como dificilmente regressaria ao Brasil, já que o destino me prendera a Dolores, e Cristina, Julio e Natalia eram o pouco e o tudo com que contava; e como talvez fosse mesmo absurdo surgir para os filhos dela só para dizer, Sou irmão de vocês, desvendando o feitio obscuro de nosso pai, um homem que, se Dona Valentina estivesse correta, não era o tipo de gente de quem se orgulhariam por saberem-se ligados por estreitos laços de sangue; considerando tudo isso, além do quê, de qualquer forma, nunca seria bem-vindo naquele lugar, concluí que devia acatar o acordo. Então, ela desceu alguns degraus e, antes de me passar o endereço por entre as grades, alertou que, caso me percebesse rondando pelas imediações, convocaria a polícia, prevenindo, de novo, que, precisasse, dispunha de meios para me desgraçar para sempre. Conferi o papel e, sem me despedir, arrastei-me perturbado até o ponto de ônibus. A manhã me encontrou vestido com a roupa do dia anterior, a língua grossa de sarro de cigarro, profundas olheiras, o corpo dolorido, o raciocínio em desalinho. O táxi enfrentou um descomunal congestionamento até alcançar a rua cujo nome apaguei de minha mente, só lembro da plaquinha com o número 46 pregado na parede azul desbotada, perdida no meio de um bairro de construções humildes, sitiadas por edifícios altos que se erguiam ao longe, e onde irrompiam aeronaves voando tão baixo que dava para enxergar o nome da companhia na fuselagem. Toquei a campainha e atendeu uma simpática senhora de cabelos brancos, penteados em coque, vestido de mangas longas preto. Com muito esforço, expliquei que buscava meu pai, e ela disse, admirada, pelo pouco que pude compreender, que nunca imaginara que "Seu" Martins, assim o chamava, tivesse um filho de minha idade, ainda mais estrangeiro. E, me encarando com censura, perguntou por que não o havia procurado antes, e, me acercando com intimidade, comentou que ele não andava nada bem de saúde. Articulando as palavras devagar, misturando espanhol e português, e com muitos gestos, tentei esclarecer que não tínhamos sido nós a abandoná-lo, ele é que havia largado a família, mas desisti. Ela não me entendia e eu não percebia quase nada do que ela falava. Me pôs sentado num sofá coberto por uma capa de tecido estampado com flores enormes, e retirou-se. O som alto do rádio sintonizado num programa religioso a todo momento sucumbia à balbúrdia atordoante dos aviões em procedimento de pouso. Após alguns minutos, em que passeei os olhos pelo vidro sujo da janela e pela movimentada estrada de formigas miudinhas, regressou com a xícara de café ralo, o pote de açúcar e o cesto de biscoitos na bandeja coberta por uma toalhinha de plástico branca. Quis justificar que havia comido no hotel, mas, ignorando-me, ela principiou a tagarelar, sem que adivinhasse o assunto. Só se calou quando esgotados o café e os biscoitos. Então, tomando-me pelo braço, guiou-me morada adentro, exibindo satisfeita um longo corredor, à direita três portas fechadas, talvez quartos, que terminava numa ampla cozinha inacabada. A planta comprida parecia edificada sem qualquer planejamento, escura e abafada, manchas pretas de umidade nas paredes e na laje. Voltamos à sala, alcançamos a calçada, contornamos a casa e entramos, por um portão de aço pintado com zarcão, maçaneta que trancava somente por fora, num beco que alargava-se em quintal cimentado, ao fundo um puxado com cinco cômodos individuais e um banheiro coletivo. Ela parou em frente à porta do meio e começou a esmurrá-la, Seu Martins!, ó Seu Martins!, reclamando que meu pai costumava dormir até tarde e que estava ficando surdo e ainda havia aquela zoeira infernal do aeroporto ali perto, Seu Martins, ó Seu Martins! Ouvimos ruídos, xingamentos, e um homem esquelético, pele ressecada, meio calvo, dentes deteriorados, calça e camisa puídas, apareceu, os olhos piscando por causa da luminosidade, a famosa pinta no lado esquerdo ilustrando o rosto vincado. Afinal, me defrontava com meu pai, achando-o mais baixo do que idealizava e não tão velho quanto imaginei. A mulher, batendo em meu ombro, disse algo como, Este moço é seu filho, Seu Martins, e nos deixou a sós. Sem demonstrar assombro, falou que precisava mijar e saiu capengando, descalço. Eu, que havia aguardado tanto por aquele momento, mirei seu corpo maltratado e não senti nada, nem alegria por encontrá-lo, nem tristeza por sua miséria. Meus braços não tentaram ampará-lo, não se envenenou de ódio meu coração. Apático, penetrei no aposento, peça única sem ventilação, ranço de mofo, azedo de álcool, fedor de tabaco ruim e morrinha de suor impregnando tudo: o lençol da cama de solteiro, a fronha e o cobertor ensebados; a bilha suja; o copo embaçado; a garrafa de cachaça pela metade; outras, vazias, enfileiradas num canto; o criado-mudo com uma vela equilibrando-se na caixa de fósforos; a mesa minúscula com a térmica imunda, a caneca de louça encardida e o cinzeiro abarrotado; a cadeira de encosto quebrado; o par de chinelos e o par de tênis, ambos surrados; a embalagem de papelão desmilinguida que fazia as vezes de guarda-roupa; o teto decorado por vastas teias de aranha; o chão de cimento grosso tapado por densa camada de poeira. Meu pai retornou, cigarro aceso entre os dedos. Falei, Vim de Dolores só para ver o senhor. Ele resmungou que não conhecia ninguém em Dolores. Casei com uma moça de lá, o senhor tem um casal de netos. Ele tomou um copo, cheirou, despejou água da bilha e engoliu. Passou a mão convulsa no tampo da mesa, empurrando fósforos queimados e côdeas de pão para o piso, e perguntou o que eu fazia. Respondi que era bancário, ele perguntou se me pagavam bem. Declarei meu salário, ele perguntou o que dava isso em dólar. Ri, pesaroso, apodrecendo num antro repulsivo e pensando em dólar... Perguntou se minha mulher também trabalhava e quanto ganhava. Sentou na cama, me ofereceu, mas recusei, a cadeira quebrada, e perguntou por minha mãe. Tive vontade de gritar, *Cabrón!*, ela morreu faz quinze anos, por sua culpa!, mas respondi que ela conservava uma saúde de ferro. Desagradado, queixou-se de que, ao contrário, padecia de dores horríveis nas pernas, no estômago e nas costas, e os médicos não identificavam a causa, mas ele intuía, pelos sintomas, ser algo bastante sério. Me pediu um cigarro, acendeu, tragou com prazer, e afirmou que seu sonho era morrer no Uruguai. Pegou a garrafa de cachaça, despejou um bocado no copo, emborcou, e passou a ironizar o Brasil, país de *putas y maricones*, onde todo mundo roubava suas coisas, e relatou cinco ou seis furtos, sem importância, de que fora vítima. Concluiu que, como eu estava bem de vida, deveria levá-lo para Montevidéu, pois, com toda a certeza, minha mãe não se importaria de tratar dele pelo pouco tempo que restava. Senti asco daquele *pelotudo de mierda*, mas, me contendo, caminhei para a porta, falei que não se preocupasse, iria carregá-lo comigo para o Uruguai. Pela primeira vez, meu pai me fitou e havia um brilho opaco em seus olhos, que, atentei, eram cor de mel. Argumentei que, antes, necessitava resolver detalhes da viagem, mas que ele aguardasse, em breve regressaria para buscá-lo. Ele perguntou se podia adiantar dinheiro para acertar contas pendentes, o aluguel do quarto, a pensão onde comia, um empréstimo para comprar remédios... Abri a carteira, separei algumas notas e coloquei em cima da mesinha. Ele mandou, então, que deixasse também o maço de cigarros. Saí apressado, bati o portão, aspirei com força o ar poluído da manhã e vagueei até me deparar com um táxi. Nunca mais soube dele."

El Gordo calou-se, sobreveio o silêncio. Os trovões ribombavam mais próximos agora e a ventania desorganizava a noite. Num quarto vizinho, alguém assistia televisão. De repente, ouvi passos ecoando escada abaixo. Debrucei-me à janela, a motocicleta embrenhou na escuridão.

No dia seguinte, o motorista que me conduziu a Montevidéu contou dos estragos provocados pela tempestade durante a madrugada.

Uma tarde em Havana

Cuba em agosto arde e para proteger minha pele muito clara, que, exposta ao tempo, ganha uma coloração avermelhada, me lambuzo de protetor solar e me enfio numa camisa de malha branca, mangas compridas. Havia desembarcado em Havana na sexta-feira à noite e no sábado de manhã atravessei o amplo saguão do Hotel Riviera, e, após titubear entre caminhar pela orla ou por dentro de El Vedado, deixei-me seduzir pelas ruas arborizadas do bairro. Mal venci três quadras, me deparei com um homem de cerca de quarenta anos, que, abaixado, tosca enxadinha na mão, capinava o mato que crescia num canteiro desenhado na calçada. Ao me ver, num salto se pôs à minha frente, *Are you American? Français? Italiano?* Embora assustado, sorri, e disse, em espanhol, Sou brasileiro. Brasileiro?!, repetiu. Brasileiros e cubanos são irmãos, declamou, tentando ser agradável, para, em seguida, de súbito, indagar, O senhor não quer me dar essa camisa de presente? Surpreso, olhei-o. Vestia uma gasta *guayabera* bege, uma bermuda puída, e calçava algo que um dia foram chinelos de couro. Você quer minha camisa?, insisti, incrédulo. Ele assentiu, olhando para os lados, aflito. Eu falei, Tudo bem, mas precisaria regressar ao hotel para trocar de roupa, não posso andar por aí sem nada. Ele disse, Não tem problema, eu espero, mas o senhor volta, não volta? Respondi que sim e perguntei por que ele não me acompanhava. Balançando a cabeça com veemência, Não, senhor, não posso, não posso, verificou se estávamos sendo observados, Mas vou estar aqui, certo?, bem aqui! Retornei ao quarto, peguei uma muda idêntica, coloquei-a numa sacola de papel, e desci. Fui achá-lo no mesmo lugar, sentado no meio-fio, a enxadinha posta de lado, o olhar agoniado mirando a esquina por onde eu havia desaparecido. Correu ao meu encontro, tomou a sacola de minhas mãos, sacou a camisa, cheirou-a, *Que olor! Que olor!*, e agradeceu, Obrigado, senhor, muito obrigado, empurrando-me para que me afastasse. Enquanto me distanciava, ainda ouvi sua voz, Nunca esquecerei, senhor, nunca esquecerei...

Refletia sobre esse episódio, empoleirado numa banqueta no bar do hotel, os braços apoiados no balcão de madeira, um desfile interminável de clipes de ritmos caribenhos na televisão a cabo, meu rosto estilhaçado nos espelhos que recobrem o fundo da prateleira colorida de garrafas de bebidas, quando o *barman* perguntou se desejava outro *mojito*. Havia andado sem pressa por quase duas horas, calor de trinta graus. Num terreno baldio parara para espiar um treino de beisebol, esporte que não compreendo regra alguma. Depois, entrei numa *tienda* para comprar água, do lado de fora alguns velhos, debruçados sobre uma mesa improvisada, jogavam uma partida de dominó e discutiam com satisfação sobre algo que não percebi. Mais à frente, cruzara com duas equipes de garotas praticando remo, as pás roçando harmônicas a lâmina esverdeada. Voltei ao quarto, fiz a barba, tomei banho, vesti um traje leve, e, só quando o *barman*, indicando a taça vazia, me perguntou se queria mais um *mojito*, é que me dei conta de que ela me olhava fixamente.

Ao meu lado, um americano, alto e corpulento, embebedava-se com *daiquiri*, e ouvia, grunhindo interjeições e exclamações, um mexicano, que, bebericando seu *mojito*, tagarelava, em *spanglish*, que vinha com frequência a Cuba e se hospedava sempre naquele hotel, *Verdad?*, Goyo!, invocava o testemunho do *barman*, que, risonho, adivinhando a generosa gorjeta no final da carraspana, confirmava, *Verdad!*, *compay!*, e que certa feita participara de uma recepção em que Fidel Castro também estava, não chegou a vê-lo, mas todos disseram que o Comandante comparecera etc. etc. Na ponta oposta do balcão, um sujeito, magro e pálido, trajando flamejante terno amarelo, gravata listrada da mesma cor, examinava-nos, com desprezo ou complacência, sorvendo paciente seu copo de rum, envolvido na espessa fumaça de um Partagás. Do outro lado do vidro, duas europeias de meia-idade, desbotadas, maiôs enormes, elegantes chapéus de palha, imensos óculos escuros, conversavam, esticadas em espreguiçadeiras. Virei o rosto e atrás de mim, no salão repleto de mesas desocupadas, uma mulher sentada sozinha, trinta anos, poucos mais talvez, nem feia nem bonita, cabelos e olhos castanhos. Trocamos olhares, e ela esboçou um sorriso que me pareceu tímido, encabulado, quase pueril.

De natural reservado, em dois tragos engoli o segundo *mojito* e avancei até onde ela se encontrava. Perguntei se lhe podia fazer companhia. Espreitando à volta, ela falou, Claro. Puxei uma cadeira, sentei, ela indagou, Italiano? Brasileiro, respondi. Brasileiro!? Me encantam os brasileiros!, são tão simpáticos! Vamos beber alguma coisa?, propus. Ela disse que, se não fosse incomodar, tomaria uma Cristal. Sinalizei para o garçom, um jovem de bigodes antiquados, ele se aproximou, pedi a cerveja para ela e um terceiro *mojito* para mim. Estendi a mão, declinei meu nome, ela a apertou, Nadia... Nadia?! É nome russo, não é?, puxei conversa. Estimulada pela minha curiosidade, contou, Sou *polovinka*, mestiça, meu pai era russo... médico... Viveu aqui alguns anos. Depois voltou para a terra dele. Deixou minha mãe... eu era pequena... Ele se chamava... chama... Oleg... De repente, silenciou, alheada. Você tem biquíni?, perguntei, Podíamos ir para a beira da piscina. Ela retrucou, sem graça, que não, na verdade não podia frequentar a piscina. Por quê?, questionei, indignado. O garçom chegou com as bebidas, ela emudeceu.

Com vagar, depositou a garrafa, os copos e o cinzeiro sobre a mesa, e demorou-se, rodeando em desnecessária função, até ser convocado com estardalhaço por Goyo. Quando se distanciou, pensei em retomar o assunto da piscina, mas Nadia antecipou-se, Quer ver uma coisa?, e tirou da bolsa surrada, napa imitando couro, um saco plástico que encerrava um pequeno álbum. Desembrulhou-o e me entregou. Abri e, para minha surpresa, surgiram sete ou oito fotografias, tamanho dez por quinze, pareciam reveladas há algum tempo, mostrando-a de calcinha e sutiã vermelhos em poses pretensamente eróticas, deitada numa toalha estendida no chão, abraçada a árvores, mirando lânguida a câmera... Imagens amadoras, desfocadas, nas quais forçava uma naturalidade impossível, denunciada por seu embaraço, pelas mãos trêmulas de quem as tirou, pelo abandono do cenário, um quintal de mato alto e entulhos ao fundo. Eu repassava as páginas do álbum, constrangido, quando ela, percebendo que o garçom retornava, arrancou-o da minha mão, envolveu-o no saco plástico e o repôs depressa na bolsa surrada. Olhando-a de esguelha, perguntou-me se queria mais alguma coisa. Pedi que nos trouxesse uns *tostones* para *picar*. Ele fitou Nadia e se foi, moroso. Ela falou, Meu sonho é ser modelo, por isso ando com essas fotos... Você acha que levo jeito? Eu a contemplei com carinho, Claro, Nadia, claro que sim. Seus olhos brilharam por instantes, mas em seguida embaciaram-se, pois sabia que ambos mentíamos. Tomei outro *mojito*, ela mais uma cerveja, falamos sobre o Brasil, tema pelo qual ela demonstrava genuíno interesse, especulando sobre como as pessoas viviam, o que comiam, o que vestiam, como se divertiam etc. Passava da uma hora, convidei-a para almoçar, ela disse, sondando furtivamente Goyo, que não tinha apetite, mas que se eu gostasse poderia me guiar, conhecia bons *paladares* onde comer. Eu aceitei a sugestão, acrescentando que depois passearíamos pela cidade, e seu rosto corou de contentamento. Expliquei que antes precisava ir ao quarto, pegar boné, documentos, dinheiro, e cogitei que ela me seguisse. Nadia replicou, amedrontada, Não, não posso, Eles, e disse "eles" como algo intangível, invisível, todavia presente, concreto, me impediriam. Eu retruquei, Mas você está comigo! Então, apavorada, implorou, Não, por favor, não insista, por favor!

Logo que entramos no *almendrón*, um Chevrolet Bel Air 1956, azul, o falante taxista Reyes perguntou o que estava achando de Cuba. Respondi que era meu primeiro dia no país e que, embora tivesse vindo a trabalho, pretendia visitar alguns lugares, como, por exemplo, o Museu Hemingway. Quando disse Hemingway, ele demonstrou imensa satisfação, Sou fã de Hemingway, comentou, Li tudo dele! O senhor não pode deixar de conhecer La Bodeguita del Medio, onde ele se *emborrachava* de *mojito*, nem El Floridita, onde ele se *emborrachava* de *daiquiri*, completou, gracejando. Meu livro preferido é O velho e o mar, que se passa aqui, em Cuba. E o do senhor? Por quem os sinos dobram, revelei. Ah, então é obrigatório ir ao quarto dele no Hotel Ambos Mundos! Foi lá que ele escreveu esse romance! E, enquanto nos conduzia para Habana Vieja, o carro percorrendo lento o Malecón, o infindo mar azul-turquesa à nossa esquerda, Reyes discorria sobre personagens e tramas de Hemingway, intercalando exclamações, Grande escritor! Grande homem! Gostava de bebida e de mulheres, as melhores coisas da vida, disse, para em seguida corrigir, filosofando suspiroso, Na verdade, as únicas coisas boas da vida... Quando nos desembarcou, perto da Plaza de la Catedral, fez com que prometesse que iria contratá-lo para levar à Finca Vigía, onde se situa o museu. Me emociono todas as vezes que vou lá, confessou, ao nos despedirmos. Nadia permaneceu quieta durante todo o trajeto e quando seguíamos na direção do *paladar*, pela pequena rua sem saída que corre transversal à praça, me fez explicar quem era afinal a pessoa da qual falávamos com tanta consideração.

Fomos encaminhados ao único lugar disponível, no fundo do restaurante. Para tentar abrandar a sensação de calor, que os ventiladores não conseguiam, pedi uma cerveja Bucanero bem gelada, e Nadia uma TuKola, o refrigerante local. Com paciência, me ouviu recitar os pratos, poucos, presentes no cardápio, e, embora repisasse que não estava com fome, quando o garçom voltou com as bebidas ignorei sua teimosia e solicitei duas *ropa vieja*, espécie de carne de boi desfiada com molho de tomate, sobre o qual ela comentara com raro arrebatamento. Depois que ele se afastou, permanecemos calados, sufocados pela algazarra das vozes e o barulho dos talheres raspando na louça. Eu examinava as outras mesas, todas ocupadas por estrangeiros. Ela, contemplando, longínqua, os relógios de pêndulo que decoram as paredes, anelava uma mecha do cabelo com o dedo indicador da mão esquerda, enquanto a direita, unhas de esmalte vermelho descascadas, jazia desamparada sobre a toalha branca. De repente, virando-se para mim, Quantos anos você acha que tenho?, questionou. Eu a encarei, Essa não é uma pergunta que se faça a um homem, Nadia! Quantos anos?, insistiu. Contrariado, falei, Vinte e oito, para contentá-la. Vinte e cinco, murmurou, sem demonstrar decepção, frustração, desagrado, mas amargura. Pensei em me retratar, mas irritei-me com o que soava como óbvia mentira. Desconversei, Você é daqui mesmo de Havana? Ela disse que sim. Nadia reparava num grupo de turistas que aguardava na porta. Então indagou, distraída, se era verdade que no Brasil havia índios. Respondi e ela perguntou se eu já tinha namorado alguma índia. Com má vontade, falei que não, e mergulhamos de novo no desconfortável silêncio. Após alguns minutos, ela disse, jovial, Sabe que quase casei com um brasileiro?! O nome dele é Rafael. No ano passado, esteve aqui, ficou apaixonado por mim. Pegou meu endereço, falou que ia me escrever, nos casaríamos e ele ia me levar para viver no Brasil... Onde ele mora?, perguntei, burocrático. Em São Paulo. E o que ele faz? É advogado. Ela quedou pensativa. Nunca mais deu notícia... Deve ter perdido o endereço... Também, estava anotado num papelzinho tão pequenininho... É, é possível, concordei. Os brasileiros são simpáticos, repetiu. Os espanhóis também, mas eles e os italianos não tencionam casar, só querem *jarana*. Eu ignorava o significado da palavra, ela explicou, com gestos, algo que entendi como farra, bagunça. O garçom surgiu com a comida, pedi outra TuKola para Nadia. Durante o almoço permanecemos ensimesmados, embora, percebi, ela saboreasse com prazer cada garfada de *ropa vieja*. Depois, sem que precisasse convencê-la, aceitou a sobremesa, *flan de piña*. Paguei a conta e, assim que pusemos os pés na rua, ela, mudando de humor, me deu a mão, e, para demonstrar sua felicidade, beijou meu rosto, colegialmente, segredando, Você não é igual aos outros. Não sou? Não, não é. Você não tem vergonha de mim. Não perde a paciência comigo. Você é... sentimental... Eu ri e contrapus, Hemingway escreveu que os sentimentais estão sempre sendo traídos... Ela adiantou-se, barrando a minha frente, E você concorda com ele? Mirando o céu azulíssimo, sem nuvens, respondi, Sim, Nadia, acho que ele tem toda a razão...

Enquanto me deleitava com a magnífica portada barroca da catedral de campanários assimétricos, a camisa e o boné ensopados de suor, Nadia permaneceu distante. Depois, penetramos respeitosos a nave principal e estaquei suspenso no meio do edifício, absorvido pelas nuanças do conjunto arquitetônico. Percorri as capelas laterais, os pés deslizando suaves no mármore preto e branco do piso, admirei as grossas colunas de pedra, tentando localizar os corais usados no material de construção original. Finda a inspeção, busquei-a por entre as poucas pessoas que circulavam pela igreja àquela hora e fui descobri-la sentada no banco de madeira próximo ao altar principal. Sem que notasse, ajeitei-me quatro fileiras atrás e observei que reverenciava, com sincera e insuspeitada devoção, a imagem da Purísima Concepción. Poderia jurar que seus olhos achavam-se marejados. Dessa maneira se manteve, como em êxtase, por largos minutos, até que, de repente, levantou-se, procurando-me aflita. Acenei para ela, pus-me de pé, emparelhamos no corredor central e saímos, a luz intensa castigando a vista desacostumada. Seguimos sem pressa pela abarrotada rua San Ignacio, todo o tempo abordados por insistentes mas discretos vendedores de artigos os mais diversos, de charutos a cedês, de garrafas de rum a notas de pesos cubanos antigos com assinatura de Che Guevara quando presidente do Banco Central. No trajeto, indaguei, para fazer conversa, se ela era religiosa, mas em vez de responder, devolveu a pergunta. Eu disse que me considerava um católico não praticante, com influência pascalina. Nadia não me pareceu interessada em destrinchar o "católico não praticante com influência pascalina", mas eu, no afã talvez de impressioná-la, argumentei, Se eu pratico o bem e Deus existe, minha alma está salva. Se eu pratico o bem e Deus não existe, pelo menos fui um homem bom. Ela continuou ausente, até que, de forma inesperada, encarou-me, estática, e não disse nada.

Durante o passeio pela feira de antiguidades da Plaza de Armas, Nadia mostrou-se descontraída. Havana inteira exala aroma de fumo, eu disse. Lembra minha infância. Ela, aspirando o ar quente, falou, contente, Com o tempo a gente se acostuma, mas é bom mesmo! E entrelaçando nossos braços, encostou a cabeça no meu ombro. Andamos assim, à sombra das árvores, até que perguntou se eu era casado. Respondi, Viúvo. Viúvo?!, e aninhou-se mais ao meu corpo, emotiva. Sim, me casei seis vezes e seis vezes fiquei viúvo. Assustada, Nadia se desprendeu de mim. Você ficou viúvo seis vezes?! É... Todas as minhas esposas morreram de maneira estranha... como se tivessem sido envenenadas... Ela teve um acesso de riso, murmurou, dengosa, *Tonto!*, e agarrou-me de novo. Você é mulherengo? Não, acho que não... O que me atrai nas mulheres é a forma. A forma? Sim, a beleza do corpo feminino. Calou-se, meditativa. E você me considera... bonita? Sim, muito! Continuamos circulando por entre as inúmeras barracas. Comprei dois títulos de Alejo Carpentier, La ciudad de las columnas e El siglo de las luces, e um *bottom* para ela, o ursinho Misha, símbolo das Olimpíadas de Moscou. Também descobri, contente, uma edição de Hemingway en Cuba, de Norberto Fuentes. Você quer saber mais sobre Hemingway? E entreguei-lhe o grosso volume, quase quatrocentas páginas. Ela o sopesou, folheou, e, talvez convencida pelo caderno interno de fotografias, respondeu, Quero. Mas, no momento mesmo em que pagava o preço exorbitante pedido pelo vendedor, intuí que ela não o leria jamais.

Consultei o relógio, passava das seis horas, embora o sol ainda alto e o calor insuportável. Eu atentava curioso para uma coleção de moedas raras, quando Nadia perguntou, de chofre, Quer casar comigo? Respondi, jocoso, E o... como é mesmo o nome dele? De quem? Do seu pretendente brasileiro... Ofendida, afastou-se. Cabisbaixa, conservou-se ao largo, me aguardando. Ainda bisbilhotei duas ou três bancas de livros velhos, antes de me juntar a ela. O que fazemos agora?, perguntei, enfastiado. Nadia disse, Vamos pegar um táxi. Eu a segui, tomamos um *al-*

mendrón, ela anunciou um endereço, o carro alcançou o Malecón, no sentido oposto ao do hotel, para em seguida desviar para um bairro de casas humildes e uma infinidade de gente nas ruas. Ela manteve-se todo o tempo apartada, encerrada num paiol de silêncio. O motorista aumentou o som do rádio e acompanhou, em voz alta, cada uma das salsas que tocaram durante os quase quinze minutos do trajeto. Próximo a um enorme terreno baldio, Nadia mandou que estacionasse e desceu de imediato. Ansioso, acertei o valor combinado. Ela disse, Não ande junto comigo, mas atrás e a certa distância. Por quê?, perguntei. Respondeu, ríspida, Faça desse jeito, para não me criar problema! Prosseguimos por uns cinco minutos. Chegando em frente a uma porta, bateu, surgiu uma cabeça que olhou na minha direção, e ambas entraram. Eu fiquei parado, sem saber como agir. Cumprimentei desconhecidos, amarrei e desamarrei o cadarço do mocassim, analisei com denodo as características das folhas, dos frutos, da casca e dos galhos de uma pequena árvore sob a qual havia me recolhido, repassei impaciente as páginas dos livros que trazia dependurados na sacola plástica, até notar alguém me fazendo sinais. Precipitei-me, o coração aos coices, e me introduzi na modesta casa, úmida e escura. Na sala, um homem grisalho, alto e forte, suava sentado sem camisa vendo uma velhíssima televisão preto e branco. Imaginei se devia cumprimentá-lo, mas a mulher, uma bonita mulata meio gorda, me impeliu, pouco simpática, indicando o final do corredor estreito, de paredes mofadas. Entreabri a cortina de miçangas, à esquerda, um quarto desarrumado, à direita, outro e o banheiro cheirando a urina. Entreabri a porta do pequeno cômodo, guarda-roupa e cama de casal, sob um lençol amarelado, Nadia. Vem, sussurrou, a voz rouca. Não consigo assim, falei, imaginando o homem e a mulher postados a poucos passos de nós. Ela repetiu, Vem... Um irritante galo cacarejava no quintal, atrás da janela fechada, e em algum lugar um velho, doente, tossia, tossia, tossia. Não consigo, repeti. Nadia ergueu-se nua, enlaçou-me, tentando beijar minha boca, as mãos desabotoando minha camisa, mas eu a afastei, com vigor, Para com isso... Ela jogou-se sobre o colchão, esticando-se pretensamente lasciva, a pele magoada, marcas vermelhas e roxas de outros encontros. Enfiei a mão no bolso, tirei todo o dinheiro da carteira, contei, Tenho aqui cento e trinta e cinco CUCs, está bom? Nadia enrolou-se no lençol, e, voltada para a parede, como que envergonhada, murmurou, É muito... Deixei as notas sobre o criado-mudo, debaixo do exemplar de Hemingway en Cuba, e, antes de transpor a cortina de miçangas, escutei-a lastimar-se, Isso é tudo o que restou de mim... Atravessei o corredor, tornei à sala, o homem sem camisa interceptou-me, mas lá de dentro Nadia gritou, Está bem, Jesús! Ele, sem me olhar, cedeu a passagem.

Assim que me vi na calçada, ocorreu-me que não tinha ideia de onde estava e não possuía sequer um centavo para sair dali. Exausto, frustrado, furioso, não lembro como cheguei à orla nem quanto tempo levei caminhando pelo Malecón, mas sei que, à medida que andava, a luz do sol esmaecia. Ainda agora ouço o barulho das ondas explodindo nas pedras, a noite dissolvendo suave a paisagem em treva. Recordo também que, submersa na penumbra, percebi uma mulher vir ao meu encontro e, de repente, puxar algo da bolsa, e eu parar, estático, enquanto ela oferecia, Amendoins, senhor? Amendoins torrados? Aliviado, enxerguei, cem metros à frente, a fachada do hotel. Cruzei depressa o saguão, entrei no bar, descobri uma rara mesa disponível, depositei a sacola plástica com os livros sobre a toalha, puxei uma cadeira, sentei e solicitei um *mojito*. Ajeitando-me, peguei La ciudad de las columnas para folhear, mas, antes de abri-lo, rastreei desatento o entorno, quando divisei todos os lugares ocupados por casais ou grupos de amigos, só eu sozinho. Então, pouco a pouco, o burburinho engolfou meu corpo, puxando-o para profundezas abissais. Quando, sem fôlego, voltei à tona, era apenas destroços, um homem que avançava célere para os sessenta anos e sabia que não ocupava o pensamento de nenhuma pessoa em lugar algum do mundo. Que quando retornasse para casa não haveria ninguém me aguardando, nem mulher, nem filhos, nem parentes, nem sequer um gato ou um cachorro. Que, caso morresse ali, naquele momento, ninguém lamentaria minha ausência. E que, irredutível, a velhice afagava o tempo malbaratado. O garçom depositou o *mojito* no tampo, agradeci, bebi um gole com sofreguidão, e pensei que necessitava urgente tomar um banho, um longo banho para me livrar daquela crosta grossa que se acumulava sobre minha pele.

A perna

Não foram as belezas naturais que me levaram a Norderstedt, pequena e desinteressante cidade industrial da região metropolitana de Hamburgo. Numa quarta-feira de maio, fim de tarde, desci do metrô na estação Garstedt, tomei um táxi e me hospedei num *hotel-garni* na Segeberger Chaussee, uma movimentada rodovia que desemboca na autoestrada E-47, carregando homens e mercadorias para os confins da Dinamarca e da Suécia. O *hotel-garni* é uma espécie de pensão, em que as dependências são comuns aos hóspedes e à família, limitando-se a parte privada aos quartos e banheiros. Fui recepcionado pela proprietária, Anka, uma bonita mulher de sessenta e poucos anos, um metro e setenta talvez, cabelos louros curtos, pequenos e vivazes olhos azuis, que, num inglês razoável, me expôs as regras que deveria seguir. Nos dois primeiros dias mal nos cumprimentamos à hora do café da manhã, que ela pessoalmente servia, depositando, sobre a alva toalha bordada com motivos florais, porta-ovo quente, saleiro, pimenteiro, porta-guardanapos, manteigueira, açucareiro, bules de café e leite, tudo em louça pintada à mão, uma cestinha com três ou quatro variedades de pães e uma maçã. Controlava espartana as despesas — à noite, quando os hóspedes, a maioria alemães, funcionários das empresas de eletroeletrônicos instaladas nas vizinhanças, abriam a porta que dava para a rua, eram de imediato interceptados por ela, que, sentada numa poltrona estampada, sob a luminária, grosso livro nas mãos, indagava se iríamos tomar o desjejum no dia seguinte. Diante da resposta, pegava um caderno, que dividia o espaço da mesinha com o bule de chá e a xícara de porcelana, e anotava meticulosa ao lado do nome um J para sim (*Ja*) ou um N para não (*Nein*). Na quinta e sexta-feiras saí cedo e voltei tarde, e, embora a tenha visto apenas de relance, percebi que sutilmente claudicava da perna esquerda.

No sábado, demorei um pouco mais na cama e, quando desci, o salão do café da manhã estava vazio. Ao me receber, Anka, solícita, sorriu tímida, desejando bom dia. Sorri também e fiquei olhando pela janela os enormes caminhões que atravessavam a estrada, enquanto ela providenciava o meu repasto. Ao terminar, me dirigi ao pequeno jardim, chão coberto pela grama recém-aparada, pedras limpíssimas demarcando os limites dos canteiros laterais, onde florzinhas viçosas exibiam-se amarelas, brancas e vermelhas. Sentei-me numa mesa de ferro coberta por uma toalhinha de renda bege, à sombra de uma cerejeira carregada de flores lilases. Fechei os olhos, enchendo os pulmões com a exuberância da primavera. Logo depois, Anka sentou-se discreta à outra mesa, no lado oposto, e acendeu um cigarro. Entreabri os olhos e a contemplei a fumar, acompanhando paciente a fumaça evolar-se, o céu quase sem nuvens. Resolvi puxar assunto. Primeiro falei do tempo, ela disse, Temos que aproveitar, o inverno foi rigoroso este ano. Em seguida, comentei alguns fatos que haviam sido notícia durante a semana, e ela ouviu, atenta, sem emitir qualquer opinião. Então, me calei, e a manhã, abraçou-a alegre o canto longo e repicado de um invisível passarinho, que, vasculhando os recônditos empoeirados da minha infância solitária e selvagem nos pastos de Rodeiro, identifiquei como sendo um pintassilgo. Súbito, indaguei, quase como expressando em voz alta um pensamento fugaz, A perna dói? Assustada, ela de imediato transformou-se, o semblante crispado, a íris escurecida, o corpo inteiro alerta. Apagou nervosa o cigarro num cinzeiro portátil que trazia no bolso do vestido, e, ríspida, levantou-se e desapareceu. Embaraçado, permaneci no mesmo lugar por dez, quinze minutos, sem saber o que fazer, privado da companhia do pintassilgo que, talvez espantado com o imprevisto movimento de Anka, havia escapulido, legando-me um desagradável silêncio. Enfim, subi ao quarto, peguei documentos e dinheiro, e deixei o hotel, cuidando para não me deparar com a proprietária. Caminhei sem pressa até Garstedt, onde tomei o metrô. Na estação central de Hamburgo aguardei, ansioso, o doutor Theodor Kegler, observando os painéis de chegada e saída dos trens. Entusiasmado, ele me levou para conhecer algumas pontes reconstruídas por seu pai, engenheiro como nós, bombardeadas durante os ataques aéreos aliados na Segunda Guerra Mundial. Depois, me conduziu à rua Reeperbahn, onde comi um *schnitzel* e tomamos algumas cervejas, e ao estádio do Sankt Pauli, para comprar suvenires. Percorremos ainda alguns pontos turísticos, em visitas superficiais, e por volta das oito horas da noite ele me devolveu à estação central. Quando fechei a porta, Anka, imersa na penumbra, perguntou, com o tom de voz de sempre, se iria tomar o desjejum no dia seguinte.

No domingo, acordei cedo com a intenção de conhecer os arredores. Fiz barba, tomei banho, coloquei bermuda, camisa branca de mangas compridas, tênis e boné, e entrei no salão, constrangido, antecipando que teria que enfrentar os olhos magoados de Anka. Me deparei com todas as mesas desocupadas e, logo que me viu, ela esgueirou-se para a cozinha. Sentei-me acabrunhado no mesmo lugar do dia anterior, a solidão da rodovia sem tráfego. Anka aproximou-se, bandeja na mão, ordenou a louça, a cesta de vime e a maçã sobre a toalha, e me cumprimentou, simpática, Bom dia, acrescentando, Devo-lhe desculpas. Admirei-a, surpreso. Devo-lhe desculpas por ontem, repetiu. Retruquei, sem graça, que não, eu é que fora deselegante. Mas ela disse que havia sido rude, indelicada, e completou, afastando-se, Sim, de vez em quando minha perna dói. Quebrei a ponta da casca do ovo e comi a gema e a clara moles com sal e pimenta-do-reino. Passei manteiga numa fatia de pão, misturei leite ao café, adocei, e mastiguei e bebi devagar, ainda perturbado. Anka conversava com a cozinheira, uma mulher grande, corpulenta, compridas tranças castanho-claras ajeitadas em coque. Levantei-me e perguntei, A senhora sabe onde, aqui por perto, poderia alugar uma bicicleta? Ela falou, Não se preocupe, vou lhe emprestar uma. Retruquei que não precisava, mas, sem dar ouvidos, encaminhou-me para o jardim. Enfiou a mão no bolso do vestido, pegou a chave e abriu a portinhola de um cômodo, espécie de edícula sem janelas, tirando de lá uma Göricke masculina, preta, muito bem conservada. É de 1952, contou, orgulhosa, Pertencia ao meu marido... Pobre Klausi, suspirou, Em agosto completa cinco anos de sua morte... Entregou-me a pesada bicicleta, desejou-me bom passeio e voltou aos afazeres. Pedalei por cerca de duas horas, e, imaginando que tornava para o hotel, distanciei-me mais e mais, desorientado no labirinto de ruas, ruelas, aleias, alamedas, vias, vielas. Começava a me desesperar, quando me detive num bar na entrada de uma aldeia, onde um grupo de torcedores com bandeiras e camisas vermelho e branco do Hamburgo bebiam cerveja, animados. Após me fazer entender por gestos que encontrava-me perdido, eles só falavam alemão, prestativos iniciaram uma interminável e exaltada discussão sobre a melhor maneira de regressar: todos concordavam com a direção a ser tomada, mas ninguém se entendia quanto à rota.

Toquei a campainha do portão lateral, que dava no jardim, e de pronto Anka surgiu para abri-lo. Arrebatou o guidão da bicicleta, vistoriou-a, discreta, e conduziu-a à edícula. Depois, voltando-se para mim, perguntou se havia apreciado o passeio. Contei minha aventura e de início ela mostrou-se perturbada com o fato de ter me atrapalhado no trajeto, mas, ao relatar a confusa polêmica suscitada entre os torcedores do Hamburgo para decidir qual o melhor itinerário até o hotel, ela riu, jovial, Estavam bêbados! Estavam bêbados!, batendo satisfeita uma das mãos contra a outra. Então, indagou se gostaria de acompanhá-la num refresco. Respondi que aceitava, caso não fosse estorvá-la. Sentei-me à mesinha de ferro, sob a cerejeira, e ela rumou para a cozinha. Em seguida, apontou carregando uma bandeja de prata, depositou-a sobre o tampo, serviu-nos o suco de maçã, e mirou-me com os olhinhos azuis semicerrados pela claridade. Sequela da guerra, comentou. Sedento, emborquei todo o conteúdo do copo, e fiquei olhando-a, apalermado, sem compreender. Minha perna, explicou. Ah, exclamei. Ela acendeu um cigarro, Incomodo?, balancei a cabeça. Tinha uma maneira peculiar de fumar, tragando a fumaça em curtos intervalos e baforando-a, nervosamente, para os lados. Minha família migrou no início do século XIX para a Bessarábia, fugindo da miséria, Anka disse. Lá, criavam umas vaquinhas, uns leitões, plantavam um pouco disso, um pouco daquilo... Até que estourou a Primeira Guerra, depois a Revolução Bolchevique, depois a Segunda Guerra... Parou, levantou-se, remexeu distraída o canteiro de flores, suspirou, Sempre a guerra... Voltou, sentou-se, esmagou a guimba no cinzeiro portátil.

"Em setembro de 1940, minha mãe tinha dezenove anos e duas crianças, meu irmão, Joachim, de um ano e meio, e eu, que acabara de nascer, quando os colonos foram empurrados de volta para o território alemão, no *Heim ins Reich*. Aldeias inteiras partiram, da noite para o dia, largando tudo para trás, em direção a um país com o qual não possuíam mais nenhuma afinidade. Meu pai, na época com vinte e dois anos, foi recrutado para o Exército. Nunca mais foi visto... Para piorar, naquele ano o inverno foi terrível. Nas raras vezes em que minha mãe, uma pessoa amarga e reservada, que morreu cedo, de câncer, falava sobre essa viagem, descrevia uma interminável sucessão de paisagens brancas e desoladas. Preocupada que nem eu nem meu irmão padecêssemos com o frio, ela nos agasalhou o máximo que pôde. Andamos meses incertos até sermos alojados em Blumenhagen, uma aldeia na região de Brandemburgo, cujos moradores nos receberam com absoluta má vontade, assim mesmo porque eram obrigados, nós éramos uma espécie de párias da pátria. Permanecemos morando num celeiro por quase um ano, no meio do feno e do gado, vivendo com as galinhas, os patos e os porcos, doentes e esfomeados. Na primavera, comecei a engatinhar e então, desesperada, minha mãe percebeu que, por ter apertado demais meu corpo entre mantas e cobertores, a minha perna esquerda, talvez por falta de circulação, parecia mole, sem vida. A primeira reação foi procurar ajuda, mas então corriam boatos de que as SS sumiam com as crianças inválidas, e ela passou a me esconder de todos. Com o fim da guerra, viemos, em meio aos escombros, para Reinbeck, aqui na região de Hamburgo. Então, outros tempos. Um médico americano me examinou e a Cruz Vermelha me deu uma muleta. Aos poucos, me acostumava com a ideia de que seria manca para sempre. Um dia, eu tinha uns sete, oito anos, brincava sozinha na beira do riacho, quando por descuido a muleta caiu na água e, antes que pudesse alcançá-la, a correnteza a levou... Com medo de tomar uma surra, minha mãe cada vez mais impaciente e bruta, pensei que se conseguisse seguir até em casa, mesmo que tropegamente, mc safaria. A custo, me equilibrei, forçando a perna direita. No caminho, inventava uma história, na minha cabeça bastante plausível, lembrando os ensinamentos da escola dominical. Ao chegar, contei, toda séria, que Jesus havia aparecido para mim perto do bosque, mandando que jogasse fora a muleta, porque se tivesse fé ficaria sarada. Minha mãe me deu um violentíssimo tapa no rosto, que me derrubou no chão, e em seguida me espancou com uma tala de couro que mantinha pendurada na parede. E disse que dali para a frente me considerava curada e que eu tratasse de andar direito. Se no começo coxeava bastante, com o tempo compreendi melhor o ritmo do meu corpo e consegui uma harmonia entre as pernas, de tal forma que acredito são poucas as pessoas que notam o problema. Ontem, desculpe, me assustei, porque me senti de novo uma mocinha sentada num canto do baile e que alguém súbito me convidava para dançar... Eu entrava em pânico em situações como essa... em pânico... Por isso minha reação..."

Apagou outro cigarro no cinzeiro portátil, guardou-o no bolso do vestido, e, antes que eu contestasse ainda uma vez que a indelicadeza na verdade havia sido minha, levantou-se, recolheu a jarra e os copos na bandeja de prata, e sumiu cozinha adentro.

À noite, Anka colocou um N ao lado do meu nome.

Comer *sushi* em Beirute

Quando entrei no *sushi lounge bar*, no décimo andar do Golden Tulip Hotel De Ville, em Beirute, havia apenas um cliente. Passava pouco das sete horas da noite e a recepcionista, que acumulava a função de garçonete, uma jovem e sorridente oriental, talvez tailandesa, conduzindo-me por entre a dúzia de mesas, vasinho de flores de *origami* plantado na toalha branca estendida em diagonal sobre a vermelha, instalou-me junto à ampla janela envidraçada, vizinho ao outro sujeito. Não houve como evitar, pelo constrangimento da situação, que nos saudássemos de maneira cordial. Sentei-me e busquei usufruir a beleza daquela cidade que me lembrava tanto o Rio de Janeiro, pequena faixa de terra espetada de edifícios na baía esplendorosa, cercada por uma cortina de montanhas, só que ali as encostas não estavam tomadas por favelas. Naquela semana, circulando pelo setor cristão, havia compreendido por que todos os povos em todos os tempos cobiçavam Beirute. Mesmo clichê, não conseguia evitar compará-la a uma mulher, linda, elegante, inteligente, charmosa, discreta, sensual e delicadamente exótica.

A tailandesa, ou vietnamita talvez, veio, entregou-me o cardápio, com reverência, e dirigiu-se à outra mesa. O homem perguntou algumas coisas em francês, que ela decerto não compreendeu, porque, sempre risonha, respondeu num inglês arrevesado. Me condoí com a aflição da vietnamita, ou birmanesa talvez, tentando explicar, numa língua que não era a sua, as diferenças entre os diversos pratos de uma culinária em tudo a ela alheia. Após um curto período, em que se esforçou para fomentar o diálogo, ele desistiu e apontou o dedo indicador para um item qualquer da lista do *menu*, como se se livrasse de um tormento. A moça encaminhou-se ao caixa, repassou a comanda a uma senhora baixinha e empertigada, que de imediato entrou pela porta vaivém da cozinha gritando algo em seu idioma nativo. O sujeito mirava agora ensimesmado as luzes que piscavam nos contrafortes do Monte Líbano. Grande, gordo, finíssimos cabelos castanho-claros, faces afogueadas, enfiado num batido terno preto, gravata azul com figuras geométricas amarelas, camisa branca, lembrava um camponês regressando de uma festa de casamento, os sapatos comprimindo os pés, sem saber como portar-se dentro da indumentária que o asfixiava.

A garçonete, cambojana talvez, aproximou-se, assinalei que desejava um *missoshiru* de entrada e *sushis* variados como prato principal, e, para beber, água; ela anotou, tomou o *menu*, inclinou a espinha. Voltou em seguida, depositou sobre a mesa defronte uma garrafa de vinho, desarrolhou-a com dificuldade, e despejou um pouco no cálice. O homem tomou a taça na mão direita, dançou-a no ar com insuspeitada graça, observou o líquido vermelho-rubi, aspirou-o, e por fim sorveu um gole. Olhos fechados, estalou a língua, e, abrindo-os, permitiu que a moça o servisse. Inclinando-se para mim, levantou o cálice e disse, simpático, *Santé!* Meneando a cabeça, correspondi, *Santé!* Encorajado, perguntou, num francês perfeito, se não gostaria de acompanhá-lo, Château Ksara Réserve du Couvent 2005, explicou. Devo ter feito um movimento qualquer que deu a entender que aceitava o convite, embora não tivesse sido esse meu intento, pois levantou-se e, esbarrando a cabeça na lanterna retangular de papel de arroz vermelho, deslocou-se na minha direção. Só então percebi que ele era bem mais alto e pesado do que parecia, cerca de um metro e noventa de altura, uns cento e vinte quilos.

Depositou o vinho e a taça sobre a toalha, sinalizou para a garçonete, e, puxando uma cadeira, apresentou-se, Marcelo Barresi. Ainda assustado com a sem-cerimônia, cumprimentei-o e declinei meu nome. *Italiano?*, perguntou, entusiasmado, *Parliamo in italiano, allora!* Expliquei, em francês, que, embora *oriundi*, não falava a língua de meus avós. Sou brasileiro, concluí. Um imenso sorriso infantil iluminou seu rosto lunar, cantarolou, voz de barítono, *Copacabana, princessinha del maaaaar*, e teria continuado, não o interrompesse a moça, que, confusa, não atinava como, tendo chegado em momentos distintos, acomodando-nos em lugares diferentes, dividíamos agora a mesma mesa. Bem-humorado, ele tentou explicar, mas desistiu após emitir algumas frases, que ela não alcançou. Gesticulando, pediu outro cálice, e a garçonete, chinesa talvez, deixou-nos, embravecida. Marcelo virou-se para mim, olhos semifechados, e irrompeu numa risada larga, ruidosa, avassaladora, que chocalhava seu enorme corpo gelatinoso, Hahahahahaha!

A moça regressou com a taça, Marcelo a encheu, ergueu a dele num brinde, *Ao Brassil*, disse, animado. Ao Brasil, repeti. Gosto muito do Brasil, o Brasil salvou minha vida, afirmou, em espanhol, completando, Podemos conversar em espanhol, *por supuesto*? Assenti, e ele emendou, Até falava português, mas esqueci, hahahahaha! Então, perguntou o que fazia em Beirute. Expliquei que razões profissionais me governavam e ele passou a expor generalidades, Sabia que, por motivos de equilíbrio político, desde 1932 não se faz censo demográfico neste país? Não, não sabia. Sabia que, pelas mesmas causas, aqui não se estuda história do Líbano? Não, não sabia. Sabia que, em 2006, enquanto aviões de caça israelenses bombardeavam a cidade, jovens permaneciam apáticos na praia tomando sol? Não, não sabia. Sabia que o que sustenta a economia são os bancos e a jogatina? Sim, sabia. Sabia que o vinho é excelente, mas quase não é exportado, porque a produção é pequena? Sim, sabia.

A garçonete, laosiana talvez, empurrou a cumbuca de *missoshiru* para mim e algo que não conseguimos decifrar para Marcelo, que, divertido, explicou ter ordenado aquilo sem querer, indicara uma linha do cardápio perguntando o que era, ela interpretou como um pedido, ele resolveu não discutir, Hahahahahaha! O que você escolheu como prato principal?, indagou. *Sushi*, respondi. E ele, no limite de uma apoplexia, Hahahahahaha!, disse, quase sufocado, Eu também! Depois, mais calmo, observou, Comer *sushi* em Beirute... Não parece título de filme? Eu sorri, concordando, Sim, filme de espionagem...

Manipulando o *hashi* com destreza, Marcelo consumiu a entrada, empapada de *shoyu*, tentando decifrar o recheio, Mariscos! Acho que são mariscos, observava, para em seguida afirmar, Não, não, creio que são moluscos... Moluscos, com certeza! Ou peixe, sim, pequenos pedaços de peixe... Hahahahahahaha! Satisfeito, limpou a boca no guardanapo, e declarou, enfático, *Brassil!* Belo país! Belo país! Sentindo-me na obrigação de manter acesa a conversa, perguntei, E você, de onde é? Eu?, ele disse, Eu não tenho pátria! Hahahahahaha! Após sorver um gole do cálice, retomou, sério, o corpo enorme infletido em uma carapaça de pesar, Sou argentino, ou fui... um dia... E de novo irrompeu numa gargalhada, Somos inimigos, *hombre*! Hahahahahahaha! Indaguei o que fazia no Líbano e ele explicou que era professor de sociologia na França, No Instituto de Ciências Políticas de

Toulouse, Como temos um convênio com a Universidade Saint-Joseph, vim ministrar um curso sobre a complexa relação do indivíduo com a esfera pública. Parto em um mês... E perguntou quanto tempo ainda permaneceria por ali. Vou embora amanhã, respondi. Volta para o Brasil? E então, na gangorra de seu humor, a euforia cedeu lugar a uma tristeza difusa. Que sorte a sua, exclamou, o olhar vago, as manzorras estendidas sobre o tampo, Já eu não tenho lugar algum para regressar...

O silêncio baixou, como uma densa neblina. No Monte Líbano, as luzes eram estrelas de brilho pálido. Pensei, Também eu não tenho lar, família, ninguém me planteará no chão onde for enterrado, mas minhas divagações foram guilhotinadas por Marcelo me perguntando se me importava se ele fumasse. Dei de ombros, ele pegou um cinzeiro na mesa ao lado, tirou do bolso um maço azul-claro de Gauloises e um isqueiro Zippo, acendeu o cigarro, tragando com ansiedade, e perguntou o que achava do vinho. A mim, me agrada, respondi, e ele falou, Vamos a outra rodada!, fazendo sinais para a moça, malaia talvez. Dois casais entraram no restaurante e foram guiados para um lugar ao fundo. Ele indagou, distraído, se visitara a Catedral de Harissa, Biblos, o Museu Nacional... Disse que sim e repliquei em que circunstância conhecera o Brasil, como fora parar em Toulouse, por que deixara a Argentina, puxando assunto, pois supus que ele desejava discorrer sobre isso. Soprando a fumaça para longe, esmagou a guimba no cinzeiro, e falou, Quer mesmo saber?, pergunta que na hora não decifrei se traduzia surpresa ou embaraço.

A garçonete, sim, talvez tailandesa, abriu a garrafa com dificuldade, envolveu a cortiça num guardanapo, exibiu-a, despejou com pressa o líquido nas taças. Volveu logo depois com duas porções de *sushi*, a pequena para mim, a enorme para Marcelo, cujos olhos cintilaram de gulodice. Levantou o cálice, Aos encontros fortuitos, pois neles reside a verdadeira amizade, proverbiou. E desprendeu a falar, pontuando sua narrativa com goles de vinho, tragos de cigarro e a escandalosa risada.

"Tudo começou com meu avô, Salvatore Barresi, um calabrês alto, moreno e barbudo, que migrou sozinho para o Brasil em 1913. Tinha uns dezoito anos e era anarquista, hahahahahaha! Em São Paulo, consta a lenda, participou da primeira greve geral, acho que em 1917, mas, perseguido, desceu para a Argentina. Em Buenos Aires entrou para a Federación Obrera, chegou a ser membro importante dela, secretário-geral, coisa assim. Como gráfico, ajudou a fundar jornais de curta duração e nomes curiosos, *El Soldado*, *Alborada*, *El Burro*, hahahahahaha!, e escreveu artigos exaltados em outros, como em *La Protesta*. Em meio à militância política, casou com Elena Vaccaro, uma siciliana com quem teve quatro filhos, um atrás do outro, que ela, coitada, criava sozinha como lavadeira. Estranha essa avó, baixinha, cabelos pretos em coque, olhos negros de uma tristeza rancorosa, escarvada, aflitiva... Em setembro de 1930, o general Uriburu deu um golpe de estado, e meu avô desapareceu, provavelmente assassinado pela Liga Patriótica. O cotidiano da família, já difícil, tornou-se insuportável. Minha avó não podia contar com ninguém — o pai, operário anarquista, sempre desempregado, por causa do envolvimento com greves, sindicato, manifestações; os irmãos enredados em suas próprias misérias. Então, através do conhecimento com as famílias para quem trabalhava, encaminhou meu pai, Vicente, com onze anos, e meu tio, Francisco, com dez, para ajudar no sustento da casa — meu tio lavava copos e pratos no El Caballito Elegante, em Palermo, meu pai guiava pela Calle Florida um advogado velho e cego, um Pereyra Girado, que possuía uma biblioteca com mais de dez mil livros e uma bengala com castão de ouro. Minha avó obrigou-os a jurar que nunca se deixariam desencaminhar pela política.

Sempre que um deles tocava, mesmo que por acaso, no tema, ela caía no chão, numa convulsiva crise de nervos, que, não se sabe se genuína ou inventada, funcionou, hahahahaahaha!: os filhos passaram ao largo das discussões que indispunham a sociedade argentina, Guerra Civil Espanhola, Segunda Guerra Mundial, revoluções internas civis e militares, o peronismo. Marcos morreu ainda adolescente, de tuberculose; Margarita casou com um plantador de maçãs de Neuquén e desfez os laços com a família; Francisco firmou matrimônio com a filha do proprietário do restaurante, herdou o negócio; meu pai desposou Ana Sierra, uma descendente distante de charruas, e estabeleceu uma pequena papelaria em Chacarita, El Sueño Azul, que, ampliada, converteu-se em referência para a classe média portenha ao longo dos anos sessenta até meados da década de setenta. Ou seja, nasci e cresci num mundo aconchegante do ponto de vista material. Nada me faltava. Comíamos bem, todos os domingos almoçávamos no El Caballito Elegante, veraneávamos minha mãe, minha avó e eu em Necochea, onde possuíamos uma vivenda, vivíamos numa casa bastante confortável em Villa Ortúzar. Filho único, tinha meu próprio quarto, minha avó, o dela, e, além do dos meus pais, havia outro, sempre vazio. Meu pai saía sempre às sete da manhã, a pé, permanecendo até tarde no seu comércio, sem hora para regressar, porque não confiava em nenhum funcionário, nem mesmo para cerrar e descerrar as portas, achava que iriam roubá-lo. Minha mãe economizava palavras, não se dirigindo a ninguém, pois acreditava que, por ser mestiça, embora não carregasse qualquer traço indígena, desdenhavam-na todos. Eu não conseguia fazer amizades. Gordo, tímido, desengonçado, evitava participar das brincadeiras dos meus colegas, futebol, correria, tudo que exigisse movimento e suor, hahahahahaha!, e mantinha-me à parte. Além disso, não frequentava a igreja, único legado de nossa ascendência anarquista, éramos anticlericais, para desespero de minha mãe, devota entusiasmada da Virgem de Luján e do Gauchito Gil. Meu pai lia La Razón, e na sala havia uma pequena estante forrada pelos enormes volumes da Enciclopédia Britânica e pelos insuspeitos compêndios da Biblioteca Espasa Calpe, mais para ostentar a visitantes que nunca apareceram, pois minha avó inculcara nos filhos um autêntico horror ao saber livresco. Desde pequeno, portanto, para adestrar a solidão, deitava-me de bruços no parquê e devorava um a um cada título, contra o desejo de minha avó, que antevia minha perdição, hahahahahaha!, mas com a conivência surdo-muda de meu pai, que me queria advogado como o doutor Pereyra Girado, um homem distinto, enchia a boca, um aristocrata fluente em seis idiomas e que lia em dez línguas, cuja cultura era a mais vasta e profunda que a de qualquer outro em Buenos Aires, e, para ele, pronunciar Buenos Aires significava pôr fim a qualquer dúvida. Assim me desenvolvi, entrincheirado entre minha avó, autoritária, mesquinha e avara; minha mãe, silenciosa, ressentida e vingativa; e meu pai, arrogante, injusto e alheio — cada um, à sua maneira, devolvia ao mundo o que lhes havia sido imposto como pena. Eu não existia nesse universo de mágoas revoltas e tristezas infindas. No entanto, se minha avó resmungava que me mimavam demais e minha mãe me ignorava, meu pai furtivamente me insuflava o desejo de me tornar um homem distinto, que ele concluía não ser, mas em vez de mirar-me no doutor Pereyra Girado, inspirava-me em meu avô, que pairava soberano dependurado na parede central, imponente e vigilante. Assim, sem querer, meu pai amarrou pontas soltas que inexistiam entre gerações, e gastei a infância decalcando o rosto duro e sépia de Salvatore Barresi em Robinson Crusoe, Gulliver, Conde de Monte Cristo, D'Artagnan, Dom Quixote, Jim Hawkins, Allan Quatermain, em todos os meus heróis que, disfarçados, habitavam o silêncio daquele território frio, estéril, amargo. De protagonista de peripécias imaginárias, ancorei meu avô em aventuras reais, buscando informações nos arquivos da Biblioteca José Ingenieros. Entusiasmado com o alcance de sua coragem e contagiado por seus artigos incendiários, troquei Defoe, Swift, Dumas, Cervantes, Stevenson, Rider Haggard por Proudhon, Malatesta, Kropotkin, Bakunin, Emilio López Arango, Diego Abad de Santillán, hahahahahaha! Claro que ninguém em minha casa sabia dessa... ocupação subversiva... hahahahaahaha! Saía cedo para a escola, falava que depois ia encontrar com amigos, submergia nos livros, não me perguntavam nada, eu nada dizia... Nessa época, contava dezesseis, dezessete anos, o mundo se despedaçava... Guerra do Vietnã, assassinato de Luther King, revolta dos estudantes na França, Massacre de Tlatelolco, Primavera de Praga, golpe militar 'científico' na Argentina, o homem na Lua... Para não radicalizar o conflito doméstico, em 1970 conduzi meus passos perdidos para a Faculdade de Direito da Universidade de Buenos Aires. Porém, desejava mesmo e apenas me ocupar da militância política. O combustível de Maio de 68 nutria minhas ideias, me alistei na Federación Libertaria. Semiclandestino, consumia os dias vendendo de mão em mão o jornal Acción Libertaria e os livros da Editorial Reconstruir, e discutindo a iminência das mudanças. Os militares se sucediam no poder, em patéticos autogolpes, acentuando o caos. Desconfiados de minhas atividades, minha família, talvez por nunca ter fundado qualquer expectativa a meu respeito, relegava-me ao desprezo, no máximo meu pai alertava, espanando-me, Não traga problemas!, Não prejudique os negócios!, Não conte conosco! Hahahahahahaha! Afastava-me de Villa Ortúzar pela manhã, e, muitas vezes, ao regressar, noite entrada, me deparava com minha mãe na sala, calada no sofá, aninhada em seus próprios braços, e minha avó, afastada, xale derreado nas costas, o corpo encolhido na cadeira de balanço, o cérebro pouco a pouco se desonerando, ambas estáticas em frente à televisão. Pugnava por uma revolução social, mas, mais que isso, ambicionava descobrir um propósito para a existência, não queria me espelhar naqueles três tigres tristes, solitários, finais... Lá fora, os companheiros me consideravam, eu fazia diferença, não um ser avançando para a morte, mas um adolescente agarrando-me com fúria à vida... De súbito, os alicerces cederam... Minha avó piorou, já não dizia coisa com coisa, urinava-se e cagava-se toda, recusava-se a se alimentar e a tomar remédios, brigava, xingava, chorava, trocando o dia pela noite, e meu pai e meu tio decidiram interná-la num asilo. Ela nunca os perdoou... Enquanto persistiu um pouco de lucidez, amaldiçoava-os, acusando-os de *bastardi*, *magnacci*, *cuinnuti*, *canaglie*, *assassini*... hahahahahaha! A velha, mesmo senil, sobreviveu a todos... Talvez por sentir-se culpado, meu pai passou a implicar com cada gesto, cada palavra de minha mãe, e atormentaram-se de tal maneira que decidiram habitar quartos separados, sem nunca mais dirigirem-se um ao outro. O silêncio que minava das paredes pouco a pouco inundou os cômodos, transbordou pelas portas e janelas, escorreu pela calçada em frente. Eu me afogava naquele amargor, submergia naquele desgosto. Então, em fins de 1972, como conseguia me manter dando aulas particulares de castelhano e italiano, saí de casa, fui morar em Avellaneda, abandonei a Faculdade de Direito. Fazia francês, coordenava um grupo de estudos sobre anarquismo social, possuía um Escarabajo azul, hahahahahaha!, e, quando 1973 entrou, iniciei o curso de ciências sociais. Passei tempos sem pôr os pés em casa. A campanha política incendiava o país. Em todos os lugares só se falava da disputa entre El Tío e Balbín. Na data da posse de Cámpora, 25 de maio, apareci de supetão à noite em Villa Ortúzar, estacionei o carro, abri a porta, pois mantinha uma cópia da chave, entrei. De repente, a escuridão sussurrou meu nome. Me assustei, tentei adivinhar meu pai largado na poltrona, Só vim buscar um documento, expliquei. Ele disse, a voz pálida, irreconhecível, Sabia que sua mãe morreu? Minhas pernas fraquejaram. Naquela época, a morte era para mim um conceito teológico, uma questão filosófica, não um dado da realidade. Por mais que nos desentendêssemos, saber que minha mãe existia me confortava, alentava-me a ideia de que, apesar da minha enorme solidão, proporcional ao meu tamanho, hahahahahaha!, as lembranças de nossos passeios mudos nas tardes de domingo, depois do almoço em família no El Caballito Elegante, quando eu, potro solto, mastigava sossegado a grama tenra do parque, sob o olhar atento e talvez até mesmo orgulhoso dela, pelo menos eu imaginava assim, cevavam meus sonhos inalcançáveis de contentamento. A vista apalpou o cômodo até encontrar a poltrona, onde meu corpo desabou. Morreu?, perguntei, atônito. Se matou, ele falou, com raiva. Levantei-me num impulso, e, o estômago nauseado de repugnância, corri para o banheiro e vomitei, vomitei, vomitei. Por fim, mirando meu rosto no espelho, chorei convulsivamente, não por minha mãe, que desperdiçara a vida com um homem árido, nem por meu pai, sombra bruxuleante na parede, mas por mim, condenado sem remissão à infelicidade perpétua. Permaneci ali, suspenso o espaço, imóvel o tempo, até que minha mão, tomando a iniciativa, apagou a luz, e minhas pernas arrastaram-me indecisas de volta à sala. Tive ímpeto de ir até meu pai, envolvê-lo num abraço, compartilhar nossa dor, mas a meio caminho ele disse, Faz três dias que a enterramos. Seu primo andou para cima e para baixo te procurando, mas ninguém sabia do paradeiro. Tenho um filho que mais parece bandido, vive se escondendo... Devia dar mais valor a... Não ouvi o resto. Logo a noite portenha invadia meus pulmões... Me arrependo por não ter insistido em reaproximar-me dele, somos falhos, cultivamos orgulhos estúpidos, mas eu era intransigente comigo e com os que me cercavam. Adotava modelos de comportamento ético que, embora ainda me guiem, serviam na época apenas como instrumentos infalíveis de aferição do caráter alheio. Hoje tendo a ser mais generoso, não julgo ninguém, cada um faça o que bem entender, pois mais tarde, de uma maneira ou de outra, prestamos todos contas à nossa consciência... Com minha mãe morta, minha avó no asilo, eu morando fora, meu pai viu seus dias murcharem, isolado em casa, corroído por remorsos e rancores. Antes sempre impecável, tornou-se desleixado, roupas amarrotadas, barba por fazer; apreciador de pratos fartos e bons vinhos, comia pouco e mal; austero com a administração da loja, abandonou-a à correnteza. Entre o Massacre de Ezeiza e o fim de Perón, pouco mais de um ano, portanto, El Sueño Azul despencou para a insolvência. No dia 15 de fevereiro de 1976, lembro bem a data porque faço aniversário no dia 16, sou aquariano, hahahahahaha!, talvez pressentindo o que iria ocorrer, o céu da Argentina cada vez mais chumbo, decidi afinal visitá-lo. Em Villa Ortúzar soube que encontrava-se internado no Hospital Italiano há mais de uma semana, levado por meu tio, que o achara estendido desacordado no piso da cozinha. Ao chegar à recepção, me informaram que ele falecera havia algumas horas, tomado por uma tristeza generalizada. Um mês depois, os militares derrubaram Isabelita. Naquela madrugada, acordei assustado com barulhos na rua e tentei alinhavar os retalhos de conversa que insinuavam-se pelas frestas da janela. Suspeitando que algo de muito ruim acontecia, liguei o rádio e o noticiário relatava o desdobramento do golpe, sempre ensaiado mas que considerávamos improvável. Troquei de roupa, saí às pressas e errei a pé por horas, esbarrando numa Buenos Aires atônita. Engraçado, porque sempre imaginara como me comportaria nesse caso, e enxergava-me abraçando a resistência, tratava-se de um dever cívico indiscutível, acreditava. Mas, quando desabou a noite, exausto e amedrontado percebi que me esquivara todo o tempo de manter contato com companheiros e conhecidos, e tive vergonha da minha covardia... Me peguei bisbilhotando as imediações de Villa Ortúzar, e, após certificar de não haver ninguém à vista, penetrei depressa na casa... Tateando com os olhos, explorei cada recôndito daqueles cômodos, os mesmos móveis, objetos, tapetes e quadros ocupando os mesmos lugares desde sempre, como se extintos bem antes da desaparição dos moradores. Me senti embrenhando num território de fantasmas, eu próprio um espectro execrável. Aturdido, entrei em meu quarto, o porta-retratos na cabeceira da cama exibindo-me, sete, oito anos, sorridente na praia em Necochea, a mesa de estudos, a pequena estante cheia de livros empoeirados, o guarda-roupa, o pôster da Federación Anarquista Ibérica, motivo de tanta discórdia... Lancei-me entorpecido ao colchão, tentei dormir, sem êxito. Parecia ouvir o ressonar dos meus pais ao lado, a respiração opressa da minha avó em frente... Dali a pouco, Dona Carmen chegaria, caminhando devagar pelo corredor lateral por causa do reumatismo no joelho, espremida entre a parede e o Dodge Coronado azul-metálico que meu pai usava nos fins de semana, abriria a porta dos fundos e acenderia a luz da cozinha, inaugurando o dia. Em seguida, meu pai se levantaria, já dentro do terno preto, uma de suas austeras gravatas amarrada no pescoço, sentaria à mesa e dedicaria quarenta minutos a ler as manchetes, os editoriais, os artigos de fundo do La Razón, bebericando café preto. Depois, sairia com cuidado pela sala, e seus resolutos passos na calçada escoariam pela rua ainda vazia. De novo, o silêncio, entrecortado pelos indistintos ruídos da manhã. Então, Dona Carmen entraria no quarto convocando-me para a escola. Eu escutaria seu acentuado sotaque tucumano e acordaria maravilhado, porque, para mim, que vivia afligido pela iminência da guerra nuclear, evitava, angustiado, fechar os olhos à noite com medo de que aquela fosse a última da minha vida, despertar para uma nova manhã beirava a milagre. Mas nada mais existia. Estavam todos mortos. Meu pai e minha mãe encerrados numa sepultura em La Chacarita; minha avó, num asilo em Núñez; Dona Carmen, decerto entrevada, num compartimento apertado de uma casa simples em Merlo. Museu ambulante dos fracassos familiares, trazia expostas em meu corpo as cicatrizes daquelas histórias irreparáveis... No fundo, percebia, frustrado, não era diferente de meu pai, minha mãe, minha avó, apenas talvez mais arrogante. Para onde conduziam minhas pegadas? Não conhecia a resposta... Tinha vinte e quatro anos, terminara o curso de ciências sociais, me contentava com o dinheiro que recebia das aulas de castelhano e italiano, frequentava intermináveis reuniões com pessoas que pensavam mais ou menos como eu, e desprezava todas as que não comungavam os mesmos ideais. Sozinho, zanzava de um lado para outro, infatigável, carregando no meu Escarabajo azul panfletos, folhetos, livros, jornais, revistas, militantes. Agitava-me, iludido de que me deslocava, embora somente girasse em torno de mim mesmo — um cão perseguindo o próprio rabo... Um enorme cão obeso, hahahahahaha! Assim, amedrontado, me mantive escondido até a madrugada de segunda-feira, como se imerso nas águas de um rio que não possuísse nascente nem foz. Levei os embutidos e as duas garrafas de vinho que encontrei na despensa para o quarto mais distante da rua, que meu pai ocupara depois de se separar de minha mãe. Sem poder ligar o rádio ou a televisão, encostava o ouvido na parede da sala para tentar auscultar as conversas da calçada, sem sucesso. Tentei ler, mas, desconcentrado, mal passava do primeiro parágrafo. O telefone chamou quatro vezes na quinta-feira, seis na sexta, duas no sábado, nenhuma no domingo. A campainha tocou no sábado pela manhã. Às vezes um carro estacionava no meio-fio, e eu começava a transpirar, os músculos descontrolados, imaginando tratar-se da polícia. Trazia uma faca enorme sempre à vista, caso precisasse me defender, hahahahahaha! No domingo à noite, exausto e com fome, enchi uma bolsa com roupas do meu pai, que, claro, não cabiam em mim, juntei várias notas de *pesos* que descobri espalhadas pelas gavetas, e, sem qualquer plano, na manhã seguinte me esgueirei discreto pelas ruas agitadas da cidade, rumo ao terminal de ônibus. Havia grupos de militares postados em cada esquina, Buenos Aires parecia um doente agônico se debatendo amarrado num leito de hospital. Não lembro quanto despendi no trajeto, mas, ainda hoje, quando recordo aquela caminhada, sinto o suor escorrer abundante, a boca seca de ansiedade. A custo, cheguei à Rodoviária, e, sem perceber, estaquei em frente ao guichê da empresa Pluma, que fazia linha para o Brasil. Meus ouvidos, prenhes de bossa nova, haviam demarcado meu destino, hahahahahaha! O ônibus só saía na terça-feira e, amedrontado, me instalei num hotel ordinário ali por perto. Debruçado à janela, observava o movimento: onde estariam meus companheiros? teriam sido presos? resistiam? fugiram? Angustiado, sabia que nunca mais teria coragem de voltar à Argentina, país que amava mas ao qual não me sentia pertencer. Aliás, essa, minha questão, não consigo estar à vontade em lugar algum, o desconforto parece ser minha condição de existir... talvez consequência do tamanho que ocupo no mundo, hahahahahaha! Enfim, quando as luzes dos postes se acenderam, as pessoas se apressaram para casa, fustigadas pelo toque de recolher, as ruas tornaram-se vazias, o silêncio precipitou sobre a noite. Não dormi. Revirava na cama apertada, incomodado, o cheiro de naftalina que exalava dos lençóis, um fio de água que escorria em algum lugar, alguém que tossia, um rádio ligado, risos abafados... O dia amanheceu, as luzes dos postes se apagaram, a cidade aos poucos despertava, febril. Levantei, lavei o rosto, escovei os dentes, paguei o pernoite, saí devagar, atravessei a avenida, e, simulando paciência, aguardei a chegada do ônibus que me levaria ao

Rio de Janeiro, Copacabana, Ipanema, o Cristo Redentor, o mar, as praias, os morros, as mulheres, hahahahahaha! Mas foi uma viagem triste... Enquanto o tempo corria para a frente, devorando a paisagem, pastos, bois, cidades, plantações, minha história fluía para trás, exibindo-me fragmentos de uma vida equivocada, inútil, falsa, vazia... Durante todo o trajeto, remexia-me, inquieto, na poltrona estreita, estorvando a senhora franzina, cara de índia, sentada ao lado. Catorze horas mais tarde, desci com os outros passageiros no posto de fronteira de Paso de los Libres. O policial olhou meus documentos, perguntou com descaso qualquer coisa que nem recordo, tão tenso estava, e, empurrando-me, autoritário me mandou seguir. Acho que minha bochecha rechonchuda gera confiança, hahahahahaha! Ao cruzar a ponte, as águas mansas do rio Uruguai me acalmaram e dormi ao longo dos quase dois mil quilômetros que ainda restavam. Daí para a frente, a história se torna desinteressante. Vivi seis meses em quase indigência, numa pensão na rua Senhor dos Passos, bem perto do cruzamento com a rua Buenos Aires, hahahahahaha! Perdi uns dez quilos, aguardando meu tio enviar o dinheiro da venda do meu Escarabajo, até hoje sinto falta dele!, e dos móveis da casa de Villa Ortúzar. Tempos difíceis! Eu me mantinha semiclandestino, medo de a qualquer momento ser preso e deportado para a Argentina, pouco conversava e menos circulava, mas, ainda assim, conheci um grupo de poetas alternativos, que vendia livros artesanais de mão em mão à noite nos bares da cidade, um pessoal muito divertido, hahahahahaha! Nessa época aprendi a falar português, ampliei meus conhecimentos sobre a música popular, passei a apreciar cachaça e caipirinha, feijoada e dobradinha, e a admirar as palavras bunda, sacanagem e bagunça, hahahahahaha!"

A garçonete tailandesa avizinhou-se com a conta e anunciou fatigada que fechariam em breve. O restaurante inchara e desinchara. Marcelo atulhara dois cinzeiros com restos de cigarro e tomara sozinho a segunda garrafa de vinho, já que eu o engabelara durante todo o tempo, preservando minha taça pela metade. Ele se mostrava levemente embriagado, o rosto vermelho, a vista embaciada. No final de agosto, peguei um avião para Paris, falou, aproximando o papel dos olhos míopes, E o resto você sabe. Dividiu o total por dois, disse quanto cabia a cada um, levantou-se, esbarrando a cabeça na lanterna vermelha, e caminhou trôpego em direção ao caixa. Enquanto aguardávamos o elevador, retomou, Voltei apenas uma vez a Buenos Aires... Fui resolver questões burocráticas ligadas à herança, logo após a eleição de Alfonsín... O país estava destruído... irreconhecível... Vários companheiros assassinados nas prisões, muitos desaparecidos, alguns enlouqueceram, outros foram aniquilados pelas torturas... Marcelo desceu no sétimo andar, e, ao se despedir, abraçou-me emocionado. Entrei no meu quarto, escancarei a janela, ávido de ar fresco, e só então notei, na esquina da quadra, um prédio em ruínas, ainda com marcas do bombardeio da última guerra...

Susana

Apreensivo, observava, do banco de trás, o jipe avançar pela estrada estreitíssima, mal asfaltada, perigosa em suas inumeráveis curvas. De um lado, o paredão de pedra, de outro as ondas do mar esmeralda de Timor explodindo nas rochas pontiagudas. De vez em quando cruzávamos com um carro da ONU com seus arrogantes soldados que, demonstrando imenso desprezo pelos civis, nos espremia ainda mais para a esquerda, devido ao trânsito em mão inglesa. Nos aproximávamos de Díli, vindos da inspeção a um projeto comunitário em Viqueque, após gastarmos cinco horas e meia para percorrer pouco mais de cem quilômetros. O motorista, Luís, que só compreendia bahasa e tétum, não abrira a boca durante todo o trajeto, e nos conduzira aos solavancos, com aparente sadismo, através da solidão interminável da montanha, mas Alexandre, que servia de guia e intérprete, contrabalançava o silêncio falando por nós.

Fazia uns quarenta graus e eu apenas desejava chegar ao hotel e tomar um banho para me livrar daquela poeira amarela que, com a umidade, gruda em tudo, na roupa, na pele, nos pulmões. Estava cansado do calor de Díli, do cheiro de bosta em fermentação nos esgotos a céu aberto, da tristeza das crianças esmolando pelas ruas, dos monótonos restaurantes da praia de Areia Branca, onde comíamos insossos *noodles* e bebíamos cerveja indonésia Bintang. O que me consolava é que daí a dois dias embarcaria para Cingapura, iniciando a longa viagem de volta.

Alexandre, então, perguntou que balanço fazia de minha estada. Eu respondi, Positivo, e ele repetiu, surpreso, Positivo?! Mas, senhor engenheiro, isto aqui é o cu de judas, contestou, rindo, com seu português-europeu com forte sotaque nativo. Alexandre tinha estudado em Jacarta e seu futuro estaria garantido caso aquele pedaço da ilha houvesse permanecido como província da Indonésia. Com a independência, ele se vira sem perspectivas de uma hora para outra, pois restava sempre uma grande desconfiança em relação aos aculturados, suspeitos de integracionistas. Inteligente, percebera que sua sobrevivência dependia de se moldar de imediato às novas circunstâncias, e logo, demonstrando impressionante capacidade de adaptação, foi convocado para prestar serviços na embaixada portuguesa e se aproximou dos evangélicos brasileiros das Juntas de Missões Mundiais.

Com o largo sorriso de dentes perfeitos, que iluminava o rosto emoldurado por uma barba rala, em pouco tempo ganhou fama entre os forasteiros que se refugiavam no ar condicionado do bar do Hotel Timor, no fim da tarde, para bebericar e conversar fiado. Ele conhecia o cambista com as melhores taxas para troca de moedas e o lugar onde comprar o peixe mais fresco; acompanhava as mulheres em vistorias a casas e apartamentos para alugar e indicava o artesanato mais autêntico; enfim, burlando a burocracia, conseguia, com brevidade, marcar audiência com qualquer autoridade, civil, militar ou religiosa, nacional ou estrangeira.

Escalado para me acompanhar durante a visita a Timor, se com sua simpatia me envolvera, Alexandre me conquistara de fato com suas histórias, que eu ouvia calado, curioso, apenas interrompendo-o para solicitar que esclarecesse um pormenor ou aprofundasse uma observação. De Viqueque a Cribas, contou sobre o trágico desmantelamento de sua família, descendente de um importante *liurai*, chefe tribal, da região de Maubara, que se manteve unida apenas enquanto durou o domínio português. Após a invasão do país pela Indonésia, em 1975, uma pequena parte de seus parentes se escondeu nas montanhas e engajou-se na Fretilin, grupo de guerrilha pró-independência, enquanto a maioria permaneceu indiferente à nova conjuntura. Em meados dos anos noventa, seu pai, morando em Díli, enviou-o, junto com o irmão mais novo, para complementar a educação em Jacarta, enquanto alguns primos aderiam à Aitarak, a milícia pró-Indonésia.

A política é um mal, senhor engenheiro, refletia, sem convicção, fascinado com o poder informal que já acumulava. Evitava comentários sobre a fase de estudante, medo talvez de deixar escapar um certo entusiasmo por aquele período, mas, por outro lado, sempre ressaltava sua ligação com as tradições timorenses. Lembrava, por exemplo, que todos os dias, antes de sair de casa, venerava o espírito dos antepassados numa pequena *uma-lulik* erigida no quintal, ou recordava que no Dia de Finados percorria as ruas, enlutado, acompanhando a procissão rumo ao Cemitério de Santa Cruz, além, claro, de nunca faltar à missa de domingo na catedral.

Uns três quilômetros depois de Manatuto, quando Alexandre indagou sobre as impressões que eu levaria de Timor, passamos por uma choupana solitária, na beira da estrada, e ele perguntou se podíamos parar ali por um instante. Concordei, meio a contragosto, e ele ordenou, em tétum, que Luís retornasse em marcha a ré. Alexandre me convidou para descer e esticar as pernas, respondi que não, imaginando diminuir a demora, e então encaminhou-se respeitoso a uma mulher enrolada num *tais*. Ela se ausentou por um momento e regressou acompanhada do marido. De pé, ele e o homem negociaram, sem pressa, apontando para algumas fieiras de peixe penduradas no tronco de uma árvore, onde se destacava ainda uma mancha branca flácida. Após acordarem o preço, Alexandre tirou do bolso da calça um maço de notas ensebadas de um dólar, separou o valor combinado, pagou, e veio contente para os lados do jipe com um pequeno polvo nas mãos.

Ele encontrava-se feliz quando justificou que ia levar o *kurita* para uns amigos portugueses. Se calhar conheces o João Fortes... trabalha no Banco Ultramarino... Não? A menina Lúcia Fontainhas, professora na universidade... Também não? O senhor engenheiro-agrônomo Jacinto Laranjeira? Não? Explicou que eles moravam numa casa enorme, perto do Hospital Nacional, que, por um tempo, frequentou com assiduidade, e onde... Suspirou, engoliu em seco, emudeceu. Só ouvíamos o ruído do motor do jipe. Rosto voltado para fora, buscando disfarçar o desconforto, fingia observar a paisagem. Mesmo Luís, que até aquele instante me parecera alheio a tudo, incomodou-se, e falou qualquer coisa, em tétum ou bahasa, recebendo uma resposta ríspida, que não compreendi. Virando-se para mim, Alexandre procurou, sem graça, mudar de assunto, mas sua voz o traiu, e ele confessou, encabulado, que, ao comprar aquele polvo, pensava, sem perceber, em outra pessoa... E calou-se.

Durante os dias em que estivemos juntos, nunca havia visto Alexandre se abalar com nada. Sempre animado e disponível, me auxiliava nas reuniões com lideranças de distritos próximos a Díli, a viagem mais longa fora esta, a Viqueque, antecipando problemas, driblando obstáculos, ávido por novidades, generoso em compartilhar informações sobre o país. Às vezes me soava um tanto quanto evasivo, quando, por exemplo, tinha que opinar sobre algum tema, mas compreendia que, por ter vivido na Indonésia, permanecia receoso com o ressentimento dos compatriotas. Agora, no entanto, surgia outro, bastante perturbado, à minha frente. Súbito, murmurou, como para si mesmo, Chamava-se Susana... Susana Sousa... Então, como se rasgando a casca de uma ferida infeccionada, as palavras libertaram-se, e, à medida que o jipe rompia caminho, iam evocando outros tempos, não tão longínquos, mas já para sempre inalcançáveis.

Após uma semana, o agrônomo Jacinto Laranjeira não precisava mais dos préstimos de Alexandre, mas este conquistara sua confiança. Assim, na sexta-feira, final do expediente, Jacinto convidou-o para acompanhá-lo numa cerveja. Alexandre recusou, explicando, sem jeito, que não tomava bebida alcoólica, mas o outro insistiu, afirmando que não se preocupasse, porque sempre haveria algum refrigerante no *frigorífico*. A casa de paredes verdes desbotadas estava plantada no fundo do terreno, na frente um quintal com pés de jaca, manga, fruta-pão, jambo, laranja e limão, o que atenuava um pouco o calor daquele fevereiro.

Um ventilador de teto espalhava o mormaço da tarde na sala limpa e arejada, poucos móveis, sofá e duas poltronas cobertas por tecido claro, leve, mesinha de centro, estante com livros de assuntos diversos, aparelho de som, uma coleção empoeirada de discos de vinil, alguns cedês, e sobre o aparador garrafas de uísque, ginja, aguardente velha, bagaço, vinho do Porto, conhaque, além de *maotai*, da China, e *arrack* Batavia, da Indonésia, e três galos de Barcelos em tamanho decrescente. Expostos nas paredes brancas, três aquarelas, traços amadores, representando paisagens de Díli, dois pratos Vista Alegre, uma fotografia em preto e branco de uma aldeã portuguesa. Jacinto disse que se sentasse e sumiu por uma porta.

Dali a pouco, do nada, surgiu um gato cinza, que, ronronando, passou a se esfregar em suas pernas. Não gostava daquele bicho, mas, por educação, retribuiu o carinho, acreditando que se daria por satisfeito, porém só atiçou a curiosidade, e ele pulou em seu colo. Acossado, sem saber como agir, Alexandre ouviu uma voz lânguida, mas persuasiva, Molly! Molly! Não sejas indiscreta! Levantou-se, assustado, espantando a gata, que, indignada, saltou para uma das poltronas.

O braço branco flutuava em sua direção sussurrando, Susana, Susana Sousa, mas Alexandre, de natural expansivo e tagarela, permaneceu paralisado pelos impossíveis olhos cor de violeta. Após alguma hesitação, segurou delicadamente a mão que se oferecia, frágil pássaro, e gaguejou, atordoado, sem conseguir pronunciar seu nome. Graciosa, os cabelos ondas negras derramando-se sobre o ombro, pescoço envolto num elegante lenço em tons de azul-claro, porcelana acondicionada num vestido de algodão estampa floral, Susana expunha algo a respeito do nome da gata, Ulysses, Joyce, coisas assim, mas Alexandre escutava apenas o alvoroço de seu coração e teve medo de que ele nunca mais voltasse ao ritmo normal.

Ela sugeriu que se sentasse, colocou um elepê de Elis Regina no prato da eletrola, e, enquanto aquela vaga voz rouca anunciava o lento declínio da tarde, explicou que descobrira alguns brasileiros entre os inúmeros discos de fado e uns poucos de música de protesto, e não conseguia mais passar sem ouvi-los. E acrescentou que os vinis já ali se encontravam, aliás, quase tudo já se achava na casa, alugada pelo governo português para abrigar profissionais de passagem, quando chegou. Ao ir embora os moradores sempre largavam alguma coisa, um livro, um quadro, garrafas de bebida... Eu gosto disso porque sinto que habito um lugar sinfônico, Susana falou, enquanto examinava os objetos dispersos pelo cômodo, acompanhada pelos olhos langorosos de Molly. Todos os dias deparo-me com uma novidade, e é como se estivesse apenas a recuperar algo perdido no tumulto das lembranças... Com isso, incorporo gostos e sentimentos de outras pessoas, e assim amplio minha memória com reminiscências alheias... Por exemplo, esta senhora, apontou o retrato em preto e branco suspenso na parede, tornou-se a avó que não conheci. Agora, pelo menos, há um rosto a partir do qual posso evocar um passado que, embora não tenha vivido, recordo à perfeição, tantas vezes narrado por meus pais e parentes. Suspirosa, perguntou a Alexandre o que queria beber. Ele respondeu que tomaria um refrigerante, caso houvesse, e ela embrenhou-se corredor adentro.

Molly ouviu barulho de vozes, incomodada desceu da poltrona, e, responsabilizando Alexandre pela súbita algazarra, mirou-o com desdém, antes de desaparecer devagar, majestática, em direção ao quintal. Jacinto voltou, acompanhado por João e Lúcia, entregou a garrafa de Sagiko, refrigerante de Cingapura, sabor abacaxi, a Alexandre, e apresentou-o aos amigos. Sentaram-se todos, e Jacinto encheu os copos dele e de João com cerveja Sagres, enquanto Lúcia deleitava-se com um *panaché*. Brincalhão, o agrônomo afirmou que do grupo era o único cosmopolita, pois nascera na Maternidade Alfredo da Costa e fora criado na Calçada de Arroios, em Lisboa, os outros todos saloios: João, do Alentejo, Uma aldeiazita no concelho de Almeirim, o bancário explicou, e Lúcia, açoriana, Da ilha do Pico, não é assim? E Susana?, Alexandre antecipou-se. Jacinto ignorava, João disse, Trasmontana, Lúcia discordou, É *retornada*... E, virando-se para Alexandre, indagou, simpática, E tu, o que nos contas? Mas, antes que falasse, Susana entrou, uma taça de vinho branco *fresco* na mão direita, e os olhares de imediato concentraram-se nela.

Jacinto perguntou onde ela nascera, Susana ajeitou-se no sofá, ao lado de Alexandre, depositou a taça na mesinha de centro, e respondeu, Lourenço Marques... Maputo... Não disse?!, Lúcia exultou. Mas passei a infância em Freixo de Espada à Cinta, distrito de Bragança, completou. Trás-os-Montes!, João regozijou-se também. E, instada a continuar, resumiu, burocrática, que seu pai era um pequeno comerciante em Moçambique e que cinco meses após seu nascimento estourou a Revolução dos Cravos. Fugiram com a roupa do corpo para Portugal e abrigaram-se com parentes em Freixo de Espada à Cinta. Lá cresceu, selvagem, em meio a vinhedos e olivais. Adolescente, enviaram-na para o Porto, onde cursou Letras, e em seguida mudou-se para Lisboa, onde fez o mestrado em Estudos Românicos. É isso, e é tudo!, concluiu, de súbito. Nesse momento, Molly ressurgiu, saltou em seu colo, e aconchegou-se, enrolando-se em si mesma.

Alexandre tornou-se cativo dos tristes olhos cor de violeta. Quase todos os fins de tarde apresentava-se a Susana e calado permanecia à disposição, pronto a agradá-la, protegê-la, mimá-la. Pesarosa, dias havia em que deitava-se no sofá a ouvir música brasileira, apartada de tudo em algum sítio distante, irreal, enquanto ele cuidava para que nada a incomodasse, a brisa estufando a cortina da sala. Outras vezes, ela recolhia-se ao quarto com Molly, a porta trancada, e ele apascentava a solidão, como se alguém muito doente na casa — Jacinto arrastava João e Lúcia para algum bar na avenida Portugal. De quando em quando, reuniam-se todos na sala, na cozinha ou no quintal sob as árvores, e comiam e bebiam, e conversavam e riam, e nesses momentos Alexandre até acreditava na utopia de uma comunidade que, ignorando diferenças culturais e étnicas, ultrapassasse os mesquinhos interesses individuais.

E dias havia ainda em que Alexandre mal cruzava os umbrais das paredes verdes desbotadas, e Susana levantava-se da poltrona, o inseparável chapéu de palha vietnamita na cabeça, e, entregando-lhe a chave do jipe da missão portuguesa, falava, Por favor, leve-me para fora de mim. Então, obediente, ele dirigia sem rumo, em silêncio, até que, como despertando do torpor, ela ordenava, Pare aqui, ou, Voltemos agora, ou comentava, Não sei como me suportas. Assim esquadrinharam o distrito de Díli e chegaram mais além, a Liquiçá, os brancos pés nus caminhando devagar pela praia, mais interessada nos segredos dos pedregulhos que nos murmúrios das águas, e à ilha de Ataúro, onde a brisa roçava a pele macia de seu corpo pálido. Planejaram mesmo visitar o enclave de Oecusse, percorrer o ilhéu de Jaco, subir ao monte Tatamailau. Mas não houve tempo...

Os olhos cor de violeta mantinham-se indecifráveis, imersos em densa névoa, embora Alexandre se esmerasse, súdito voluntário, em desvelá-los, adivinhando seus desejos. Comprava peixe-vermelho de pescadores conhecidos, avisava da chegada de sardinha da Austrália e bacalhau de Portugal, revelava uma caixa de vinho branco com bom preço num "chinês" perto do Estádio Nacional, presenteava-a com "cestinhos" de *katupa*, arroz cozido em leite de coco, e bolas de berlim adquiridas no Sanan Rai, com que, enlevada, se lambuzava. Mas nada descerrava o véu de sua melancolia.

Susana aportara em Timor quase dois anos depois da independência, e a fama de sua beleza, que a precedera, consumiu Díli como um incêndio criminoso. Entocada, ela recusava convites para as festas e recepções promovidas pela embaixada e círculos portugueses. Arredia, dedicava as manhãs a entreter os alunos na sala de aula e as tardes a estudar tétum na biblioteca, o silêncio carcomido pelo monótono zumbido de um velhíssimo ventilador de pé. Nos fins de semana, enquanto todos acorriam a bares e casas noturnas, numa tentativa canhestra de suprimir os dias, ela subtraía-se ao mundo cuidando distraída das plantas do quintal, raptada pelos personagens de algum livro, ouvindo música, dormindo... E quando, nos feriados, os estrangeiros revoavam para Darwin, na Austrália, ou Bali ou Cingapura, para tomar ares da civilização, como gostavam de dizer, ela enfeitava-se com seus vestidos florais e o chapéu vietnamita e punha-se na estrada em busca de paisagens desertas, não para desfrutá-las, mas para anular-se.

Certa feita, decidiram, Susana, João, Jacinto e Lúcia, alugar caiaques na Areia Branca para explorar a pequena baía. Alexandre ofereceu-se para aguardar na praia, e, após recolher as peças de roupas, relógios e calçados, ficou de pé observando-os até quase perderem-se de vista. Então, acomodou-se à sombra das árvores e dormiu. Mais ou menos uma hora depois, ouviu as vozes agitadas do grupo que se aproximava. Haviam chegado perto da arrebentação, quando avistaram dois imensos *lafaeks*, crocodilos de água salgada, tomando sol numa enseada, ao largo. Assustados, remaram de volta o mais rápido que conseguiram, Lúcia desesperada, Jacinto e João, desconcertados, tentando permanecer calmos, Susana mais ensimesmada que de costume. Assim que botaram os pés na areia, Jacinto abraçou Lúcia, que chorava e gritava histérica, buscando consolá-la, enquanto Alexandre ajudava João a arrastar os caiaques até o local onde haviam sido alugados. Exausta, trêmula ainda, Susana deixou-se arriar, o chapéu vietnamita escondendo o rosto, enlaçou as pernas, e assim permaneceu, quieta, os olhos cor de violeta vagando além.

Tempos após, numa das vezes que pediu a Alexandre que a levasse ao Cristo Rei, comentou, ainda impressionada, que aquele fora o bicho mais horrendo que vira em toda a sua vida, Um ser apenas instinto e fome, músculos e violência. Admiro-o, continuou, pois à feiura contrapõe a ferocidade — se alguém o irrita, ele simplesmente come-o. E riu, sombria. Gostava de se postar no mirante e, sossegada, longínqua, observar o sol dissolver-se, devagar, nas águas amareladas do mar. Neste dia, uma rara tarde sem chuva de um dezembro borrascoso, Susana, contrariando seu ingênito recolhimento, disse, de súbito, que invejava os *lafaeks*, Ninguém os incomoda... Alexandre, pensando em animá-la, ressaltou sua beleza, mas ela, desgostosa, repeliu o elogio, Isso só me prejudicou, *belun*, só me prejudicou.

E então contou que desde o *infantário* as colegas a perseguiam, puxando seus cabelos, xingando-a, isolando-a, como para vingar de sua harmonia agressiva, e continuaram hostilizando-a por todo o ensino básico e secundário, Se as *miúdas* me odiavam por despeito, os *miúdos* evitavam-me por medo de serem rejeitados. Foi se tornando taciturna, reticente. Iludiu-se imaginando que as coisas melhorariam no Porto, para onde mudou-se para fazer faculdade, mas lá deparou com rapazes que disputavam-na como a um troféu e *raparigas* que a enxotavam como a uma helena. Terminado o curso de Letras, transferiu-se para Lisboa, e, percebendo que aquele mal-estar nunca haveria de passar, porque enquistado em seu corpo, apartou-se, refugiando-se em passeios solitários a museus, cinemas e restaurantes, em visitas a aldeias vazias cujas vozes mortas ainda faziam-se ouvir nas pedras irregulares que recobrem as vielas antigas. Findo o mestrado, decidiu ir embora de Portugal para sempre e candidatou-se a um posto no Instituto Camões. Ofereceram-lhe vagas na Europa e Estados Unidos, mas, desejando esquecer-se, largar-se, optou por lugares remotos, distantes das implacáveis bocas vigilantes.

Primeiro, quis conhecer Moçambique, cujas histórias, recheadas de animais inacreditáveis e aventuras extraordinárias, preencheram seus sonhos e pesadelos de infância, e assumiu o cargo de professora em Nampula, a mais de dois mil quilômetros de Maputo. Estranhou o calor, a comida, os costumes, mas, empenhada, tudo contornou — menos as nuvens de mosquitos, que, presenteando-a com o paludismo, impuseram-lhe amargas tardes de solidão, repletas de delírios e calafrios. Dois anos depois, encontrava-se em São Tomé, insatisfeita ainda, envolta em miséria e sufocada pelo cheiro de mofo da inutilidade que, sentia, impregna todos os esforços para modificar a vida. Em 2002, chegou a Guiné-Bissau, entre uma guerra civil e um novo golpe de estado, e lá, por carências as mais diversas, emagreceu, contraiu novo paludismo e adoeceu de outra doença, que, esta sim, lhe sequestrou o ânimo...

Uma noite quente, sem luar, Susana deixou apressada a casa a fim de ajudar um colega que, tendo sido picado por uma cobra, necessitava com urgência de soro antiofídico. Ele morava num bairro afastado e no caminho ela se surpreendeu com um tronco atravessado na via deserta e escura, pois os blecautes eram constantes. Parou, atônita, e, enquanto imaginava o que deveria fazer, apareceram dois adolescentes empunhando *catanas* e gritando algo em *crioulo*, que não percebia. Assim, antes que se desse conta, eles a agarraram, arrancaram do carro, puxaram para fora da estrada, rasgaram suas roupas, estupraram-na, fugiram.

Susana quedou esmagada pelo silêncio, pasto de insetos, frangalhos colados à pele magoada, cuspida de mormaço, lambida de terra.

Lá em cima, nuvens sombrias, que de tão gordas pareciam grávidas, espiavam.

O tempo omitiu-se, envergonhado.

Então veio a chuva, aquela chuva tropical, grossa, rápida, impetuosa. Com dificuldade, Susana levantou-se e, encharcada, imunda, caminhou entre enxurradas em direção à *carrinha*, iluminada pelos relâmpagos e conduzida pelo barulho dos trovões e do vento serpenteando entre as árvores.

De repente, o jipe parou. Perguntei o que ocorria, e só então percebi que nos encontrávamos na avenida dos Direitos Humanos, nas cercanias do hotel onde estava hospedado. Luís desceu, deixando a porta aberta, e o vimos esgueirar-se por entre os veículos. Dali a pouco voltou e explicou a Alexandre que o problema, já solucionado, havia sido uma colisão entre duas *microletes* e que logo logo o trânsito se desamarraria. Alexandre traduziu a informação e, retomando ansioso a história, disse que, depois daquele passeio de caiaque, Susana desenvolveu um estranho fascínio pelos *lafaeks*. Ele a acompanhava, contrariado, à noite, à praia de Areia Branca para observar, ao longe, uns pontos vermelhos que ela acreditava serem olhos de crocodilo, e chegaram mesmo, por duas ou três vezes, a remar até a arrebentação para tentar localizar, sem sucesso, o que ela pensava ser o ninho que vira naquele domingo. Confirmando as previsões, os motoristas despertaram as buzinas, Luís fechou a porta do carro, e o caos engoliu o trânsito da cidade.

Alexandre calou-se. Já avistando o Hotel Timor, perguntei, sem jeito, o que acontecera, afinal, a Susana. Respirando fundo, contou que no Natal, dois anos antes, Susana ficou sozinha em Díli. Ele visitava parentes em Maubara; Lúcia viajara com uma colega ao Camboja para conhecer os templos de Angkor Wat; Jacinto aproveitara os feriados para rever os pais em Lisboa; e João fora aprender caça submarina na Ponta Carimbala. Então, ela alugou um caiaque e remou e remou e remou até ultrapassar a arrebentação. E sumiu. Pescadores confirmaram que naquele dia houve vários avistamentos de *lafaeks* na região...

No domingo à tarde, no acanhado aeroporto de Díli, me despedi de Timor. Lá de cima, quando o avião da Silk Airlines fez a curva para acertar a trajetória, olhei para a pequena baía de Areia Branca e fiquei pensando em Susana, a que havia morrido pela beleza.

O homem que não tinha onde cair morto

A luz da manhã cingia a magnífica baía de San Juan naquele sábado de maio. Impelido pela excitação da primavera, caminhava distraído rumo às estreitas vielas de San Juan Antiguo. Queria aproveitar o dia para examinar os sobrados coloniais e visitar igrejas, fortalezas e muralhas, quando, ao passar junto aos armazéns do porto, tive curiosidade de entrar no terminal rodoviário. Tenho para mim que a alma de uma cultura começa a ser deslindada pela comida, mas que a alma de um povo se avalia nos mercados e nos pontos de embarque e desembarque de ônibus e trens. Estava parado, de pé, observando o movimento, quando percebi, vindo em minha direção, um americano típico, tênis, meias três-quartos, bermuda jeans, camisa florida aberta que deixava à mostra os cabelos brancos do peito e o cordão de ouro, boné azul do Texas Rangers. Ele disse algo, no peculiar sotaque sulista, que não alcancei mas que me pareceu amistoso. Respondi saudando-o com um meneio de cabeça, que ele de pronto correspondeu, aproximando-se e apertando-me a mão. Era um homem com seus sessenta e poucos anos, ótima forma física, devia praticar esportes. Disse seu nome, que não entendi, falei o meu, que custou a compreender. Perguntou para onde ia, Vamos na mesma direção, estou naquele navio lá, e apontou para um dos três ou quatro imensos transatlânticos ancorados no cais. Em seguida, indagou o que fazia em Porto Rico, e, quando expliquei que participava de um congresso científico, mirou-me com certo descaso, Sou aposentado, minha profissão é viajar. Você, de onde é? Respondi, e ele emendou, Conheço seu país, Conheço São Paulo, Rio de Janeiro, Bahia, Fortaleza, Amazônia. Estive por lá cinco vezes. E gostou? Tirou o boné, e notei que cultivava certo embaraço por sua cabeça inteiramente nua, passou a mão na careca para limpar o suor, Muito boa a caipirinha... Mas não achei no Brasil o que venho buscando... Não será o Brasil o meu destino final... Cruzávamos uma pequena concentração de turistas, que, após o desjejum, começava em enxames a deslocar-se à Cidade Velha para passear e fazer compras. Sou veterano do Vietnã, e em La Drang imaginei que fosse sucumbir, como milhares de compatriotas, então pensei que se saísse ileso daquele lugar eu dedicaria o resto do meu tempo a não fazer nada, apenas vagaria de um canto a outro, descobrindo paisagens e articulando amizades, porque as ilusões, meu amigo, essas abandonei nos campos de batalha, atoladas naquela mortandade inútil e sem sentido. Não sei quem me protegeu, se Deus ou o Diabo, mas em 1970 lembraram de mim, espetaram medalhas no meu uniforme e me devolveram para casa. Desde então já percorri todos os Estados Unidos, o Canadá, o México, a América Central e a do Sul, menos as tais Guianas, e agora estou investigando o Caribe... Porque decidi que só vou morrer depois que descobrir uma paragem aprazível para ser enterrado, um cemitério bonito, com uma vista estupenda, num lugar seco, porque não gosto de umidade, mas que não seja o deserto, de temperatura constante, porque não gosto de frio excessivo nem de calor excessivo... Enquanto não me deparo com esse lugar, vou adiando a morte... Deteve-se em frente ao Splendour of the Seas, apertou minha mão, Fico aqui, prazer em conhecê-lo.

Eu não sinto vontade alguma de engabelar a morte, ao contrário, aguardo-a paciente, conformado. Não a desejo, não a renego. Todos os dias acordo e celebro o que ainda me resta de tempo. Levanto-me, faço a barba, tomo um banho, visto-me e molho os pés nas águas rasas, mas turvas, do cotidiano. Sou um sujeito que não tem onde cair morto — afinal compreendi a profundidade do dito popular. Moro em Washington há mais de vinte anos, há quinze comprei um apartamento na rua Paissandu, no Flamengo. Frequento as mesmas livrarias, os mesmos cinemas, os mesmos restaurantes, e não possuo um único amigo. Tenho conhecidos, colegas, correspondentes, não amigos, aquelas pessoas imprescindíveis, que contatamos quando carecemos dividir algo importante ou sem importância, aquelas pessoas com quem, ainda que nos ausentemos por anos, conseguimos reatar conversas como se tivéssemos estado juntos na noite anterior. Que nos compreendem pelo olhar, pela postura, pelo tom de voz... Não pertenço a lugar algum, sou, sempre fui, um estranho, um estrangeiro... Não me entreguei à vida — ela me largou num parque abandonado... E não tive competência para formar família, filhos, cães, gatos, passarinhos... Amei algumas mulheres, mas sempre me apavorou a ideia de ser rejeitado — antes que me repelissem, abdicava delas... Para não sofrer no futuro, padecia no presente... O tempo, este escriturário burocrático e insensível, escarneceu de minha contabilidade esdrúxula: polvilhou meus cabelos, retorceu minha espinha, enrugou minha pele, oxidou minhas juntas, espanou meus sonhos. Perambulo pelo mundo, dissipando minhas pegadas, esquecendo-

-me de que não tenho paradeiro... Desencontrei-me de mim, arruinei-me para sempre... Agora, talvez, reste apenas uma campa em Rodeiro, onde vim ao mundo e onde nasceram minha mãe e meu pai. Os Finetto possuem lá um jazigo, em mármore preto, de evidente mau gosto... O cemitério é horroroso, pendurado num acentuado aclive, caótico e desleixado. Todo verão a enxurrada carreia para a rua tijolos mal assentados de sepulturas pobres, cruzes de madeira ordinária e até mesmo pedaços de caixões e ossos arrancados das covas rasas. Que venha o fim, não o temo, mas que seja avisado com antecedência. Não tenho nome a quem legar, mas desejava acomodar-me com dignidade uma última vez, eu, que talvez mereça, e que já agora me vejo exausto da lida, imerso nessa solidão silenciosa que me envolve como uma cobra a brincar com sua presa, prestes a esmagá-la.

Memorial descritivo

A minha vida é como se me batessem com ela.
Bernardo Soares [Fernando Pessoa], *Livro do desassossego*

Sob o signo de Sagitário, nasceu Dório Finetto em Rodeiro, interior de Minas Gerais, no dia 12 de dezembro de 1952, numa família de pequenos agricultores — o pai, Pedro Finetto, e a mãe, Luisa Pretti, filhos de italianos fugidos da miséria do Vêneto, em fins do século XIX. No sítio, denominado Fazenda Corgo dos Sapos, viviam da mão para a boca, arando terra ordinária, rasgada por voçorocas e coalhada de cupins, e morando em uma casa sem horizontes, envolta por morros que pareciam debruçar-se sobre ela. Frangos riscavam soltos o terreiro, galinhas escondiam ovos em ninhos sob o assoalho, porcos chafurdavam no chiqueiro, vacas e bois salpicavam o capim-gordura. Havia horta, pomar, cercado de cana para alimentar o gado, brejo de arroz, leiras de feijão e milho, e plantação de fumo, que, encordoado, constituía o único produto de venda. Seis irmãos, dois homens, quatro mulheres, afora dois ou três abortos, um ou dois outros que finaram ainda na infância.

Sistemático, o pai, como a maioria dos colonos vizinhos, gostava de enfurnar-se na roça, chapéu enterrado na cabeça, cigarro de palha pendurado nos lábios, puxando enxada de manhã ao anoitecer, só estacando no domingo, quando, devidamente paramentados, iam até a cidade para assistir missa e rever a parentalha. Ele então aproveitava para resolver pendências, cascar um saco de arroz, barganhar umas caixas de manga, negociar um capado por uma bicicleta, regatear peças de tecido grosseiro na loja do seu Ibrahim Salum, ferrar os cavalos. À tarde, almoçados, rapazes e moças rondavam a praça, guardados pelos mais velhos, enquanto as crianças se divertiam em acidentes estúpidos. À noite, rumavam para casa, o pai, a mãe e os menorzinhos de charrete, os maiores a pé.

A mãe, sempre preocupada com a prole, esquecia-se de si. Prestimosa, gostava de visitar a fieira de tios, primos, sobrinhos, afilhados, a cada um, uma palavra de afeição. A porta, mantinha-a sempre escancarada, batessem palmas no terreiro, conhecidos ou nunca antes vistos, e ofertava um prato de comida, um pedaço de broa, uma caneca de café recém-coado, um copo de água, pois qualquer um podia ser Jesus, para destempero do pai, que, além de desconfiar de tudo e todos, lamentava trabalhar para sustentar gente estranha. Aos domingos, metia-se em floridos vestidos de chita, presilhas amanhando os cabelos castanhos, sorriso ilustrando o rosto avermelhado e uma incomum afobação, como soubesse não lhe caber mais muito tempo.

Caçula, Dório desenvolveu-se, calado e pensativo. Muito cedo o estranharam, pois, ao contrário dos irmãos, que se assenhoravam das horas, domesticando-as, ele delas permanecia refém, extasiado com o vento que flauteava no bambuzal, cafungava as grimpas das árvores, corcoveava a aguinha do riacho, enxugava a roupa que quarava na capoeira, eriçava as narinas das éguas, espichava vozes longínquas, sustentava círculos fedorentos de urubus e coraçõezinhos adocicados de beija-flores, cochichava atalhos para terras do nunca-jamais: a paisagem magoava seus olhos míopes. Na hora da janta, o único momento em que juntavam-se, porque no almoço devoravam marmitas à sombra das árvores no cocuruto do pasto, enfiava-se para debaixo dos móveis e, quieto, ouvia as conversas, miudezas, bobiças, quantas covas, quantas semeaduras, a foice sem corte, o cabo escapulido, a caninana avistada, as artes do Cigano, a notícia entreouvida na Rádio Educadora, um desejo, um suspiro, outro desejo.

Então, um dia, Juliano, o mais velho, encheu-se de coragem, disse, Pai, esse, e apontou para Dório, precisa ir embora estudar, Serve para capina não. E a mãe, como em combinação, completou, Tem uma cabeça!... E a tarde, assustada, recolheu-se discreta para além das encostas. Três, quatro meses de amuo e o pai rendeu-se. Continuava a achar besteiragem alguém aprender mais que tabuada, mais que contorno do nome, A garrancho de lápis no caderno prefiro enxada destrinchando a terra, proclamava, mas, como sempre, soçobrou à silenciosa teimosia da mulher. Em 4 de fevereiro de 1961, apeou do ônibus da Viação Marotte na rua São José, em Ubá, a mão direita apertando a alça da mala, a esquerda o coração, para se homiziar na casa da irmã da mãe, tia Honorina, cujo marido, Paulo Frutuoso, um português tagarela e bigodudo, adquirira fama na colônia, não pela imensa facilidade para ganhar dinheiro, mas pela maior ainda de perdê-lo. Na época, moravam num sobrado alugado no bairro Industrial, quintal com pés de laranja, limão, manga, abacate, abio, jambo, carambola, Rural na porta, crédito na praça. A prima, Márcia, recém-debutada, já andava de namoro firme; o primo, Mauro, com quem regulava idade, desfilava os bolsos da calça curta abarrotados de notas amassadas, que o pai dispensava pelos cômodos.

Se no começo maravilhava-se com as novidades, os colegas do Grupo Escolar Coronel Camilo Soares, as charretes, carroças, carros e bicicletas atravancando as ruas calçadas por paralelepípedos, o luxo de desfilar roupas domingueiras no dia-a-dia, as longas tardes de ócio em que pastoreava pensamentos a planar solitários o azul imenso, logo passou a inimizar-se com a mãe, que julgava responsável por tê-lo apartado de tudo o que o conformava. Abandonado naquele quarto de fundos, quente, úmido, gastava as noites a observar a lua branca boiando nas águas escuras do céu. O infinito esmagava seu peito, sobrevinha a tosse que lhe roubava o fôlego, apavorava-se com a andadura mansa da morte que se avizinhava, pressentia. Então, os pés, calcando o chão áspero da região dos sonhos, adivinhavam o vívido cenário que, pouco a pouco, transfigurava-se em espessa neblina que um dia seria não mais que um rol de lembranças espedaçadas. O berro dos bezerros inaugurando a manhã, os latidos do Cigano, assustado com o esvoaçar dos habitantes das sombras, o cheiro de pipoca que transbordava da cozinha, a algazarra em torno da mesa do truco, a *piada* fresquinha que forrava a solidão daqueles tempos encharcados de felicidade clandestina, nada mais lhe pertencia... Cedo percebeu, desesperançado, o tempo vertendo sem cessar para o abismo do ontem. O pêndulo do relógio-de-parede açoitava-lhe as costas, empurrando-o para o minuto seguinte que já passou no exato instante decorrido. Ele mirava o futuro, mas não há nada lá. Viver é morrer...

Antes, despertava quando a luz irritava os olhos, comia quando roncava a barriga, bebia água fria da moringa quando a boca seca. Se cansado, retirava-se para a sombra. Se amedrontado, refugiava-se no meio do bando. Posto o sol, recolhia-se à cama. E não o afugentavam especulações se o dia findo se dissipara para sempre, porque, repetidas, sentia a duração das coisas. Agora, no entanto, as madrugadas insones eram a compreensão da ausência que macula a memória. O mundo não existe, existimos no mundo — se sucumbimos, sucumbe o mundo. Tinha medo de cerrar os olhos — não o inquietava a morte, mas temia que, morrendo, tudo que amava desaparecesse... E resistia a dormir, acreditando assim adiar o arremate de tudo. Ansiava regressar à roça, tornar-se de novo criação do pai, mas enfronhara-se numa floresta desconhecida, e, quanto mais se sabia, mais arruinava-se. A tia Honorina o acordava aos berros, chamando-o preguiçoso, esquisito. O menino ruminava as horas indigestas.

O longo 1965, Dório dedicou-o ao curso que a nunca suficientemente pranteada professora Ana Maria Camargo de Oliveira ministrava em sua casa, visando ao exame de admissão. Naquele mesmo ano, o tio Paulo perdeu tudo o que amealhara, desta vez contrabandeando linguiça, queijo e cachaça para o Rio de Janeiro. Ele descia a serra duas vezes por semana, a Rural lotada, e regressava empanturrado de dinheiro. Em abril, o mês mais cruel, bandidos, em conluio com a Polícia Rodoviária, talvez insatisfeita com os valores do suborno ou invejando sua evidente prosperidade, sequestraram-no na Rio-Bahia, forçando-o a esvaziar a conta do banco. Deprimida, a tia Honorina entocou-se no quarto e só saiu para galgar a boleia do caminhão que mudou parte da mobília do bairro Industrial para Santa Bernadete, um loteamento ainda agreste onde foram morar de favor. A prima já se casara com Nivaldo Scapulatempori, pequeno sitiante em Rodeiro, que manteria, anos a fio, uma enorme plantação de tomates regada a DDT, que, afluindo para suas veias, envenenou-o para sempre. O primo abandonaria a escola nas primeiras letras, e, depois de bater cabeça, abriu um sacolão que virou armazém que virou rede de supermercados. O tio logo reaprumou-se como corretor de fazendas... e de novo caiu sem nada — até o fim desequilibrou-se nessa gangorra. A tia nunca se recuperou dos nervos...

Como o pai já não contava com Dório na lavoura, não houve necessidade de esforço para convencê-lo a manter o filho estudando em Ubá, desde que custasse pouco e não o amolassem com falatórios comparativistas entre o atraso da roça e as benesses da cidade. Encaramujava-se mais e mais, temendo o que, passado não muito, ocorreria, a revoada de todos, parentes, descendentes, vizinhos, para longe daquela terra sáfara, que atava-os implacável à pobreza e à ignorância. Enfiaram o menino numa pensão simples da rua do Rosário e matricularam-no no Colégio São José, de renome. Da janela da primeira contemplou os destroços da família, e nas carteiras do segundo ultrapassou sua fé ingênua. Da família, preservou raras fotografias e uma imantada, e por isso tênue, atração. Da fé, a certeza de que ao pó voltaremos...

Uma a uma se foram, arrulhando, as mulheres da casa: Neusa, para Cataguases, com Alírio, contramestre na Industrial; Hilda, para Juiz de Fora, com Vasconcelos, militar; Cleusa, para Astolfo Dutra, com Solano, dono de sorveteria; Cidinha, para São Paulo, com um tal Doutor Coutinho, de quem nunca entenderam como angariava a lida. Juliano resistiu, casado, até os filhos alcançarem a idade de desasnar. Então, pressionado pela esposa, que os queria calcando as pegadas de Dório, um rapaz sabido, e não um jeca qualquer, segundo palavras da própria, mudou, largando o pai roído pelo rancor, para o Triângulo, em Ubá, onde montou uma pequena serraria, mais tarde tornada fábrica de colchões. A mãe desmantelava-se, solapada pelo câncer que ofenderia a todos, menos ao pai, que, curtido em amargura, escapou, esquecido das moléstias, em meio a mato e mosquitos, até quase noventa anos, xingando-os de ingratos, e renomeando o mundo com a nomenclatura da mais dolorida solidão, o exílio.

A fé, Dório não a perdeu — desvestiu-se dela, pouco a pouco, à medida que desbravava veredas, atalhos, trilhas. Se cedo contrapôs-se ao cínico credo do pai, que anotava meticuloso deves e haveres em seu livro pessoal da salvação, e da mãe, submissa aos irrefutáveis desígnios divinos, não tardou a também se desentender com as simplórias lições de Dona Glorinha, que administrava o catecismo aterrorizada pela vigilância onipresente, e com os preceitos do padre Jonas, que berrava do púlpito sua incorruptível arrogância. A ideia de Deus, Dório reformulou-a como uma prancha de madeira arrancada a um navio destroçado pelas ondas durante a tempestade: agarrava-se a ela apenas para manter-se à tona, rechaçando, a todo custo, que outros se aproximassem, temeroso de que afundassem juntos.

Concluído o ginasial, Dório desembarcou, começos de 1970, na casa da irmã, Hilda, no bairro Eldorado, em Juiz de Fora, para cursar o colegial na Academia de Comércio. O cunhado, terceiro-sargento do Exército, envolveu-se com ardor no golpe de estado, convertendo-se em fervoroso zelador dos fundamentos da reação militar: o urgente resgate da tradição, o imperativo fortalecimento da família, a defesa intransigente da propriedade. Auxiliado por Hilda, Vasconcelos farejava comunistas com invulgar ferocidade, Sinto a catinga da subversão, dizia. Pia, a mulher visitava os vizinhos, como membro influente da comunidade católica, catalogando intimidades, submetidas aos caprichos do marido. Entretinham-se, ambos, em preencher minuciosas fichas, arquivadas em um acervo particular que orientava a caça aos pervertidos, insubmissos, rebeldes.

Em julho, morreu a mãe, após largo padecimento. A sala, fedendo a vela e crisântemos, flutuava na madrugada gélida, caixa de silêncio arranhada, vez em vez, pelo pipilar dos pardais empencados nos fícus, pelos ais sussurrados da cozinha. Então, velando aquele corpo devastado, Dório percebeu que, embora o sal das lágrimas vertesse da mesma fonte, as suas derramavam-se pelo fardo de existir, enquanto as que observava nos rostos que entravam e saíam da casa eram horror à hora presente. Um precipício intransponível apartava-o daquelas pessoas, daquele mundo — na caverna que habitava agora, ouvia, impotente, o lamento das coisas que nunca seriam.

Indignado, Dório deixou a convivência com o cunhado e a irmã, que já o encaravam com o desprezo dos verdugos, para pousar em pensões baratas nos arredores da Rodoviária, onde compartilhava mofo e pulgas com peões de obra, pequenos traficantes, drogados, vagabundos, prostitutas, alcoólatras, encostados. O pouco dinheiro aportado da roça para sustentar os estudos, complementava com aulas particulares de matemática. Arrastou-se assim franciscano até após conseguir um lugar na Faculdade de Engenharia da Universidade Federal de Juiz de Fora, onde, desde o começo, encantou se com a mecânica dos solos. Antes mesmo de se formar, estagiando nos canteiros da Construtora Alber Ganimi, examinava carinhoso dos torrões a textura, plasticidade, consistência, compactação, permeabilidade... Tanto desvelo guiou-o a uma pós-graduação na Universidade Federal do Rio de Janeiro, onde firmou-se discípulo do legendário mestre, professor Anacleto Roncesvalles.

Embora não se interessasse por política, a política o cevava. Em Juiz de Fora, empenhara em preservar-se alheio, enredado em números e análises e estatísticas, mas impossível respirar aqueles ares sem se intoxicar com os desmandos. Os militares passeavam sua arrogância, os poderosos desembainhavam seus sobrenomes, ele seguia acuado, a cabeça milímetros além da lâmina de água. Dório se esmerava na assimilação de cálculos e estruturas, por sobrevivência: não se recusava a perceber o que ocorria, mas conduzia os pés um pouco acima do chão. Em 1978, já morando no Rio de Janeiro, funcionário de uma grande empresa, iniciou a pós-graduação, mantendo-se atento à agonia da ditadura. Afinal, em 1984, defendida a tese Efeitos da penetração da água em estacas em solos granulares, acatou aconselhamento do professor Roncesvalles e tornou-se consultor do Banco Mundial. Principiou então o que nominou uma "longa imersão para fora".

Quando despertou, o século xx morria...

Luiz Ruffato

ESTA OBRA FOI COMPOSTA EM ELECTRA PELO ACQUA ESTÚDIO E IMPRESSA
PELA GRÁFICA BARTIRA EM OFSETE SOBRE PAPEL PÓLEN SOFT DA SUZANO PAPEL
E CELULOSE PARA A EDITORA SCHWARCZ EM MAIO DE 2014